Le siège de Léningrad

Un roman sur la Seconde Guerre Mondiale

Richard G. Hole

Le siège de Léningrad
Un roman sur la Seconde Guerre Mondiale

Richard G. Hole

La Seconde Guerre Mondiale

SYNOPSIS

L'artillerie lourde avait commencé à tirer sur la périphérie de Léningrad, à dix kilomètres à peine de la ligne de front. L'immense ville, assiégée depuis plusieurs mois par les divisions de fer de la "Wehrmacht" subit le martèlement continu des canons à longue portée, des mortiers lourds et des bombes des "Stukas" et des "Heinkels", attendant le moment décisif pour tout écraser dans leur chemin, les grenadiers lanceraient l'assaut, comme une vague imparable, démolissant les dernières redoutes défensives...

Le siège de Léningrad est une histoire appartenant à la collection World War II, une série de romans de guerre développés pendant la Seconde Guerre mondiale.

LE SIÈGE DE LÉNINGRAD

CHAPITRE I

La nuit était sombre et froide. De gros nuages chargés de pluie couvraient le ciel et une lune pâle se profilait entre eux, illuminant le labyrinthe complexe de tranchées et de barbelés à intervalles de sa lueur fantomatique. Des roquettes incandescentes s'élevaient dans les airs, explosant en lueurs jaunâtres alors que les mitrailleuses crépitaient et que des tirs isolés retentissaient des sentinelles sur leurs parapets. A Kolpino l'artillerie tonnait depuis le crépuscule.

Les yeux rougis du soldat Fritz Rinner scrutaient l'obscurité. La mitrailleuse dont il était le serviteur reposait à côté de lui, prête à entrer en action. Devant lui, le sol se brisait en une série de creux herbeux traîtres, d'où la brume montait en larges bandes. De grands entonnoirs, provoqués par l'explosion d'obus de gros calibre, recouvraient le terrain autour d'eux. Rinner consulta sa montre à cadran lumineux. Il restait encore une heure avant son soulagement. Un cortège ininterrompu d'évocations et de souvenirs traversa son cerveau. Ses paupières étaient lourdes à cause du long éveil, et il aspirait au moment où il pourrait s'allonger sur son lit de camp pour éviter un bref sommeil.

À sa gauche, des bruits de pas s'approchaient à travers la tranchée boueuse. C'était le sergent, qui se promenait dans son secteur en inspectant les postes.

"Très bien" l'informa Rinner, en faisant attention à ne pas détourner le regard, car cela lui aurait valu une bonne réprimande de la part de son supérieur.

"Nous l'aurons bientôt", a-t-il répondu. Le quartier général vient de nous informer que la patrouille de Wahrenfels revient ce soir, après avoir passé deux jours à l'arrière des lignes ennemies. Ils feront leur entrée précisément à partir de cette position. Le mot de passe sera "Sebastopol". Une fois identifié, vous indiquez le chemin qui existe dans la clôture à votre droite. Et faites très attention à ne pas vous embrouiller et à leur lancer une explosion ... hein, showrenco?

Le sergent s'éloigna, Rinner retroussa le col de sa redingote et se prépara à la longue attente. Les minutes passaient lentement. L'artillerie lourde avait commencé à tirer sur la périphérie de Léningrad, à dix kilomètres à peine de la ligne de front. L'immense ville, assiégée depuis plusieurs mois par les divisions de fer de la "Wehrmacht" subit le martèlement continu des canons à longue portée, des mortiers lourds et des bombes des "Stukas" et des "Heinkels", attendant le moment décisif pour tout écraser dans leur chemin, les grenadiers se lanceraient à l'assaut, comme une vague imparable, renversant les dernières redoutes défensives.

Il aurait fallu environ une demi-heure interminable lorsque le soldat Rinner crut percevoir devant lui le son indubitable de pas prudents qui s'approchaient. Il dressa l'oreille et resta immobile, les nerfs tendus. Après un bref intervalle de silence, les pas se sont rapprochés. La lune s'était couchée et la visibilité était pratiquement nulle.

« Grand ! » cria Rinner en se plaçant derrière la mitrailleuse avec un doigt sur la détente. « Qui vit... ? Mot de passe !

« Patrouille allemande » répondit une voix, puis « : Sébastopol !

"Le col est à dix ou douze mètres sur votre gauche", a averti Rinner.

Le soldat, sans doute en mission de repérage, a arpenté le terrain puis est parti faire un rapport aux autres. En quelques minutes, toute la patrouille approchait. Les bottes chaussées du grenadier firent un bruit sourd lorsqu'ils heurtèrent le sol dur, leurs sabots brillaient faiblement, blessés par la lueur des roquettes, et leur équipement de campagne faisait un faible tintement, oscillant à leur rythme rythmique. Le premier à sauter dans la tranchée fut le lieutenant Wahrenfels. Ils étaient suivis par le caporal et les sept grenadiers et le « feldwebel » couvraient l'arrière. Engerling. Le lieutenant était grand, mince et élancé. Cependant, sous sa tunique bien coupée, on pouvait voir des membres forts et fermes. Dans son visage énergique et vif, les yeux étaient brillants et pleins de vie, protégés par le verre des lunettes à monture métallique. Ses gestes et sa voix désignaient le chef capable d'entraîner son peuple vers les exploits les plus incroyables avec le seul éperon de sa personnalité bouleversante. Pendant la campagne d'Ukraine, et à la tête de sa patrouille, il avait toujours été le premier à attaquer les fortifications ennemies situées à l'arrière des lignes de front, préparant le terrain pour les unités qui allaient plus tard consolider l'action. Doté d'un cœur d'acier, inaccessible à la peur ou à la faiblesse, ses ordres craquaient dans le vacarme des explosions, et le cliquetis des mitrailleuses et le bourdonnement des avions, alors que les balles sifflaient autour de lui à la recherche avide de proies difficiles. Au poste de commandement de la Division, il était considéré comme un chef téméraire et audacieux qui pouvait se voir confier les missions les plus difficiles sans crainte d'échec. Il était en possession d'une multitude de décorations et portait sur sa poitrine la plus précieuse de toutes : une croix de fer de première classe, obtenue lors du siège et de la reddition d'une très importante forteresse blindée.

Le « feldwebel » Engerling était le genre de militaire professionnel, au courage sans compromis et à la loyauté sans compromis, capable des actions les plus extraordinaires sans un sourire moqueur de mépris sur son visage, noirci par la poudre.

Les sept grenadiers et leur caporal Schäfer formaient un groupe compact, discipliné et vigoureux. Tous avaient été choisis avec le plus grand soin et soumis à des épreuves extrêmement dures, avant de faire partie de cette patrouille, déjà célèbre dans toute la Division et dont les exploits étaient commentés par les troupes comme quelque chose de fabuleux et de légendaire. Ils avaient l'air impressionnant dans leurs hautes bottes couvertes de boue, leurs tuniques ceinturées de cuir, leurs casques maintenus au menton par la jugulaire et leur armement léger et efficace, composé d'une "mitraillette" spécialement conçue, d'un pistolet réglementaire, d'une mangue et d'un œuf. des bombes distribuées par la ceinture, et une machette bien affûtée, qu'ils n'utilisaient qu'en cas de trouble ou lorsqu'il convenait d'éliminer l'adversaire avec le moins de bruit possible.

Ces hommes, habitués à regarder la mort en face, ne tremblaient jamais. Un sourire dédaigneux et ironique ne s'est jamais évanoui de leurs lèvres, tandis qu'ils brandissaient fébrilement leurs armes, ils se frayaient un chemin à travers les rangs ennemis avec des rafales précises, ou quand, tels des loups rôdant, ils espionnaient les mouvements de l'ennemi pendant des heures, pour se lancer sur le action au moment précis de donner l'ordre.

Parmi eux, trois grenadiers se distinguaient par leur vigueur et leur personnalité, que tout le monde appelait les inséparables. Leurs noms étaient Bert Seidel, Alf Voss et Rudi Main, et ils étaient la pierre angulaire sur laquelle reposait l'organisation totale de la patrouille. Ils étaient ensemble depuis le début de la campagne et avaient été choisis par le lieutenant, non seulement pour leurs capacités physiques extraordinaires, mais aussi pour leur caractère facile à vivre et agressif, et pour leur bonne humeur et cordialité, preuve de toute adversité. Ils jouissaient d'une popularité illimitée dans tout le régiment et étaient connus autant pour leurs exploits que pour leurs blagues, leur génie et leur audace de toutes sortes.

Bert Seidel, un ancien employé de bureau de Munich, était de taille normale, mais de très forte carrure et d'une grande résistance à la fatigue. Avec un visage un peu enfantin, elle avait des yeux bruns extrêmement expressifs, des cheveux bruns et une poitrine large et puissante, acquise dans la pratique des sports les plus durs. Alf Voss, dut quitter les salles de classe de l'université pour rejoindre une unité qui partit bientôt pour le front. Un peu plus grand que Bert, il avait l'air extrêmement sain et fougueux. Avec la peau bronzée et les yeux noirs, il aurait pu être pris pour un sudiste. Pourtant, il venait d'une vieille famille de Hanovre et se caractérisait par son éducation exquise et ses manières extrêmement correctes. Pour sa part, Rudi, le plus grand des trois, était d'une carrure inhabituelle. Ses yeux bleus se détachaient sur un visage avec une mâchoire proéminente, et son cou robuste reposait sur un athlète large et musclé' s épaules capables de supporter les charges les plus extraordinaires. Sur son large front tombaient les mèches blondes de ses cheveux constamment ébouriffés. D'un regard vif et pénétrant, il possédait une intelligence extrêmement alerte. Dans ses temps libres, il s'était consacré à l'étude du russe, le maîtrisant à la perfection, et cela constituait un avantage inestimable pour la patrouille, car à maintes reprises, un mot prononcé dans un pur accent du pays, avait été plus efficace que l'action de bombes à main ou de pistolets mitrailleurs. Sur son large front tombaient les mèches blondes de ses cheveux constamment ébouriffés. D'un regard vif et pénétrant, il possédait une intelligence extrêmement alerte. Dans ses temps libres, il s'était consacré à l'étude du russe, le maîtrisant à la perfection, et cela constituait un avantage inestimable pour la patrouille, car à maintes reprises, un mot prononcé dans un pur accent du pays, avait été plus efficace que l'action des bombes à main ou des pistolets mitrailleurs. Sur son large front tombaient les mèches blondes de ses cheveux constamment ébouriffés. D'un regard vif et pénétrant, il possédait une intelligence extrêmement alerte. Dans ses temps libres, il s'était consacré à l'étude du russe, le maîtrisant à la perfection, et cela constituait un avantage inestimable pour la patrouille, car à maintes reprises, un mot prononcé dans un pur accent du pays, avait été plus efficace que l'action de bombes à main ou de pistolets mitrailleurs. D'un regard vif et pénétrant, il possédait une intelligence extrêmement alerte. Dans ses temps libres, il s'était consacré à l'étude du russe, le maîtrisant à la perfection, et cela constituait un avantage inestimable pour la patrouille, car à maintes reprises, un mot prononcé dans un pur accent du pays, avait été plus efficace que l'action de bombes à main ou de pistolets mitrailleurs. D'un regard vif et pénétrant, il possédait une intelligence extrêmement alerte. Dans ses temps libres, il s'était consacré à l'étude du russe, le maîtrisant à la perfection, et cela constituait un avantage inestimable pour la patrouille, car à maintes reprises, un mot prononcé dans un pur accent du pays, avait été plus efficace que l'action de bombes à main ou de pistolets mitrailleurs.

Le lieutenant leur faisait entièrement et complètement confiance, et n'hésitait jamais à leur confier les opérations les plus difficiles, sûr qu'elles en sortiraient les plus terribles épreuves.

Ils s'alignèrent et le lieutenant leur passa une brève revue.

"Tout est en ordre, les gars" leur dit-il. Maintenant, pour se reposer, comme nous l'avons bien mérité ... C'est, s'ils nous le permettent.

— J'ai une idée, mon lieutenant, dit Rudi, à qui le chef de patrouille accordait parfois quelques légères familiarités. Pourquoi un de ces connards de l'état-major, qui passent leur vie à planifier des opérations, ne nous accompagne-t-il pas à chacune de nos sorties ? Peut-être de cette façon...

« Une excellente idée » répondit celui-ci en l'interrompant. Mais aimeriez-vous passer huit ou neuf heures par jour assis à une table entourée de plans et de crayons de couleur ? Aucun droit? Bon, à chacun ses goûts, Rudi... Et voilà en route, que le temps menace de pleuvoir.

La patrouille a commencé son chemin vers le poste de commandement, tranchée en avant, et a rapidement disparu au détour d'un virage.

CHAPITRE II

La taverne du vieil Ivan était située dans la rue principale de Novo-Litka. Le village, composé en grande partie d'"isbas" en bois s'étendait de part et d'autre de la route principale Léningrad-Vilnius, que les longues caravanes de camions qui faisaient le service entre l'arrière parcouraient inlassablement, de jour comme de nuit. et l'avant.

L'endroit était le point de rencontre des soldats autorisés, qui le remplissaient complètement à toute heure, rendant l'atmosphère irrespirable avec l'épaisse fumée des cigarettes et des pipes tandis que le bruit des conversations ne cessait d'être perçu un seul instant.

Katia, la fille du cabaretier, circulait entre les tables, attentive aux exigences des clients. C'était une grande blonde élancée, au visage expressif, où se détachaient de splendides yeux bleus à l'expression invitante et malicieuse, et une bouche aux lèvres charnues et rouges, toujours ouvertes dans un sourire lumineux. Elle avait une vingtaine d'années et ses charmes attiraient et fascinaient les habitués locaux, dont certains contemplaient sa beauté fraîche et invitante avec plus qu'une simple admiration. Pourtant, Katia, une fille d'une formalité à toute épreuve, ne tolérait à personne le moindre manque de respect, même si elle avait un mot gentil ou un geste amical et cordial pour tout le monde.

Alf, Bert et Rudi entrèrent dans la taverne. Ils avaient dépouillé leur équipement militaire, et avec le col du guerrier déboutonné, la casquette tordue sur une oreille et le pistolet suspendu à la ceinture, les trois athlètes, bronzés par le soleil et la neige des longues campagnes, semblaient capables. pour émouvoir combien de cœurs féminins elles trouveront sur leur chemin.

Ils se sont assis à une table au centre de la pièce, qui était vide à ce moment-là, et ont brièvement observé la foule. Katia est venue les servir avec sollicitude.

« Qu'est-ce que vous voulez boire ? demanda Bert. Aujourd'hui, c'est moi qui invite.

« Pour ma part, je ne pense pas que je vais en avoir assez même avec un litre de 'vodka'. Je dois enlever le goût de la poudre à canon de ma bouche après notre dernière incursion.

Katia, qui comprenait parfaitement l'allemand, lança à Rudi un regard admiratif, auquel il répondit par un clin d'œil et un sourire.

« Qu'est-ce que tu me dis, chérie ? demanda-t-il en la prenant par le poignet et en ajoutant en parfait russe :

Monoga krashiva. Lubliets minya ?

Elle lui a giflé le cou.

"'Stoj!'" "Elle a répondu, puis en allemand, pour que tout le monde comprenne." A quoi viennent ces familiarités avec moi ? Suis-je ta petite-amie ?

"Non, mais tu pourrais l'être" répondit Rudi, la tirant vers lui et faisant un geste pour l'embrasser.

Un groupe de trois pétroliers a observé la scène depuis la table attenante. Ils étaient grands et forts, avec ce visage patiné et cette expression agressive et tenace qui caractérisaient les soldats d'une arme auréolée par la gloire des avances rapides, des offensives spectaculaires et des attaques de masse, tandis que les canons crachaient des éclats d'obus autour de leurs monstres. de l'acier. Ils portaient l'uniforme noir de son corps et ornaient leurs bérets caractéristiques d'un crâne d'argent, emblème du courage et du mépris de la mort. Apparemment, l'un d'eux avait jusque-là apprécié les préférences de Katia, et alors qu'il observait l'attitude de Rudi, il sentit une crise de rage l'envahir. La rivalité entre tankistes et fantassins était traditionnelle dans l'armée, puisque les premiers étaient considérés comme supérieurs au reste de la troupe,

Qui est ce type? Le pétrolier grommela, lançant à Rudi un regard haineux.

Le grenadier releva brusquement la tête et fixa son rival avec une expression de calme contenu.

« Vous pensez que vous êtes un grand conquérant, n'est-ce pas ? "Continue l'autre, enhardi." Arrête de déranger cette fille !

"Je ne pense pas que Katia se sente gênée à mes côtés" commenta Rudi avec un sourire ironique. Au moins, il ne devrait pas regarder une tête de singe comme la tienne.

Le pétrolier s'est levé rapidement comme une flèche et, se tournant vers Rudi, il a décoché un coup de poing qu'il a esquivé, l'envoyant dégringoler contre la table. Des bouteilles et des verres tombèrent par terre. Sans lui laisser le temps de se ressaisir, Rudi l'attrapa par la taille et le jeta sur ses deux compagnons. De leur côté, Bert et Alf se préparaient à attaquer. Les pétroliers haletaient de rage féroce. Les trois grenadiers attendaient l'assaut massif de leurs adversaires avec une grande sérénité. Le rival de Rudi a pris de l'ampleur et s'est jeté sur lui avec l'intention de le fracasser contre un mur. Mais Rudi, longtemps entraîné dans un gymnase berlinois, connaissait un bon nombre de clés et soutient que maintenant le moment était venu de postuler. S'écartant au bon moment, il se tordit légèrement la taille et attrapa le pétrolier par un bras, Il le renversa proprement par-dessus son épaule, le renversant sur le parquet en bois dur, qui trembla sous l'impact. Bert avait abattu son ennemi et le frappait à volonté. Pour leur part, Alf et le troisième pétrolier ont été enfermés dans un corps à corps, au cours duquel tous deux ont reçu et appliqué de superbes coups.

L'adversaire de Rudi sauta sur ses pieds. Son visage était couvert de sang et son uniforme était déchiré à plusieurs endroits. Un direct formidable a jeté Rudi contre le mur. L'un des plafonniers s'est brisé en morceaux. Le grenadier tressaillit comme s'il souffrait terriblement, et juste au moment où l'autre était sur lui, il le frappa à l'estomac avec un énorme coup de poing. Le pétrolier gémit. Deux autres directs, l'un de face et l'autre de côté, étaient sur le point d'en finir avec leur rival. Le combat devait être décidé. Alf avait son adversaire acculé et Bert était sur le point de faire tomber son adversaire de manière décisive.

« Putain de fanfaron ! Le pétrolier rugit, se reconstruisant, prêt à continuer.

Mais sa course finale s'est soldée par l'échec le plus retentissant. Rudi l'avait attendu attentif à ses moindres mouvements et lorsqu'il se jeta sur lui, il esquiva légèrement sur le côté et en liant une jambe avec son mollet droit l'amena au sol d'un coup terrible. Il était sur le point de lui sauter dessus pour achever sa victoire lorsque Katia, qui contemplait la scène avec terreur, cria :

« Attention ! Une patrouille de surveillance arrive !

Le pétrolier s'est levé à demi conscient et tout le monde a arrêté le combat en faisant attention. Des pas précipités résonnèrent à l'extérieur. La porte s'ouvrit en claquant et une escouade de surveillance fit irruption dans les lieux. Le caporal fixa l'épave en fronçant les sourcils. Ses soldats avaient déjà séparé les prétendants et remettaient de l'ordre dans le local meurtri.

" Magnifique ! " s'exclama-t-il, furieux. " Et tu appelles ça du repos ? Vous méritez tous d'aller dans une brigade de punition ! " Il a pointé du doigt les pétroliers. " A votre logement ! Et quant à vous ", ajouta-t-il en s'adressant au grenadiers », allez à la caserne avant que le lieutenant ne sache ce qui vient de se passer.

Rudi avait une énorme égratignure sur le visage. Katia s'est approchée avec sollicitude avec une serviette propre qu'elle a trempée dans un peu de « vodka » et appliquée sur la plaie.

« Est-ce que ça fait très mal ? demanda-t-il tendrement.

"Oh ! Ce n'est rien", s'est vanté Rudi, et profitant de la confusion qui régnait encore dans l'endroit, il a ajouté à mi-voix. maintenant, par le pont ?

La fille avait l'air troublée à gauche et à droite et après un moment d'hésitation a répondu :

"Bien. Je vais voir si je peux m'éclipser.

CHAPITRE III

Le jour s'était levé clair et radieux. Une vraie journée de printemps, même si l'hiver était proche. Tôt le matin, la patrouille s'est alignée devant la caserne avec toutes les armes. Le "feldwebel" revu. En quelques instants, le lieutenant parut, souriant et dynamique, complètement remis de la fatigue des derniers jours.

"Garçons" a dit une fois tout ferme et en silicone. Le quartier général a jugé bon de nous féliciter pour notre dernier raid. J'ai le plaisir de vous informer et j'espère que cette patrouille ne sera jamais indigne de la renommée qu'elle a si méritée. Nous allons maintenant aller sur le terrain pour faire de l'exercice, car comme vous le savez tous, nous devons toujours rester en forme et prêts à l'action. Si vous vous comportez bien, vous pouvez avoir l'après-midi à votre guise.

Un ordre bref et la patrouille se met en route. Ils traversèrent le pont où Rudi et Katia s'étaient rencontrés pour la première fois la veille. Le grenadier avait l'air légèrement rêveur.

"Cette femme l'a bouleversé", a commenté Bert.

"Nous ne l'avons jamais vu comme ça", a ajouté Alf. Vous perdez des facultés ?

Arrivé à la périphérie de la ville, le lieutenant choisit un terrain accidenté et en partie couvert d'herbes imposantes.

Tout d'abord, "dit-il", nous allons réaliser une simulation de corps à corps... Il me semble que vous avez un peu oublié, et cela ne fait pas de mal que nous exercions un peu cette partie importante de notre tâche.

Un rire général éclata dans les rangs.

« Qu'est-ce qui ne va pas chez eux ? Demanda le 'feldwebel' en se tournant vers l'officier.

"Je ne sais pas", répondit le lieutenant avec un sourire énigmatique. Mais, bien sûr, ils vont savoir ce qui est bon. Eh bien, continua-t-il en cachant un peu son amusement. Vous allez vous diviser en deux camps et vous vous attaquerez vicieusement, comme de vrais sauvages. Vous m'avez compris? Ne voyez personne vaciller ou jouer "soft". Pensez que la personne devant vous est l'ennemi lui-même et secouez-la de toutes vos forces.

Les deux côtés se sont formés instantanément. L'un d'eux était commandé par le feldwebel, l'autre par le caporal. Ce dernier était composé de Bert, Rudi et Alf. Ils enlevaient leurs tuniques et leurs torses athlétiques brillaient au soleil. Rudi a exercé ses muscles, révélant des biceps capables de rivaliser avec ceux du boxeur professionnel le plus coriace et le plus aguerri.

Au signal, les deux camps se séparèrent, alignés face à face, prêts à charger. Rudi a menacé ses rivaux et les a traités de « petits » et de « maigrettes ». Cependant, le groupe commandé par le « feldwebel » Engerling était magnifique avec ses grenadiers hâlés prêts à secouer hardiment ces fanfarons.

Le lieutenant se tint sur une éminence à terre et dit :

« Restez à l'écoute pour le coup de sifflet. Une touche signifie attaquer. Deux, arrêtez le combat. Et rappelez-vous que vous agirez comme si vous étiez vraiment face à l'ennemi. Vous devez vous battre sans pitié. Ce n'est pas grave si vous vous faites du mal. Ils te soigneront plus tard dans l'armoire à pharmacie.

Il porta le sifflet à ses lèvres. Une longue touche, et ils se sont tous plongés dans la mêlée, rugissant et « hourra ! Le caporal saisit le premier adversaire par la taille et les deux roulèrent sur l'herbe, se frappant avec une véritable fureur. Alf, Bert et Rudi ne se sont pas attardés à réfléchir aux méthodes ou à planifier leur attaque. L'ennemi était sur eux et il fallait montrer que ce n'était pas pour rien qu'on les appelait dans le régiment « les trois inséparables ». Ils ont formé un mur de pierre avec leurs corps et leurs trois adversaires s'y sont écrasés, sans pouvoir le renverser d'aucune façon. Il leur était inutile de mettre en pratique les divers systèmes de combat appris au cours de la longue lutte. Rudi, Alf et Bert restèrent à leur poste et en quelques minutes l'initiative leur passa. Profitant d'un moment de confusion,

Rudi a attrapé deux de ses rivaux par le cou et d'une forte secousse a fait se heurter violemment leurs têtes. Les deux grenadiers sont tombés au sol en ecchymoses. Bert et Alf profitèrent de ce bref répit pour s'essuyer le front en sueur avec leur mouchoir. Le troisième adversaire était sur le point de passer à l'offensive lorsque deux coups de sifflet retentirent clairement dans l'air calme du matin.

« Un quart d'heure de pause » annonça le lieutenant. Ensuite, nous continuerons.

Les grenadiers s'assirent sur l'herbe, Rudi sortit une cigarette et commença à l'allumer.

" N'avez-vous pas vu quelque chose d'étrange dans tout cela ? " demanda-t-il à ses deux compagnons. " Que va-t-il advenir de cet empressement à nous mettre littéralement en pièces ? Est-ce qu'un mouchard vous a parlé d'hier et a voulu nous donner une leçon ?

"Hé... eh bien c'est vrai, on ne l'a jamais vu aussi vicieux" marmonna Bert pensivement.

Alf toucha Rudi avec son coude, le pointant dans la direction d'un chemin qui passait à une courte distance. Une silhouette féminine les regardait attentivement. Rudi sursauta. C'était Katia qui revenait de laver ses vêtements dans la rivière.

« Écoutez-moi un instant », leur dit-il. Assurez-vous qu'ils ne me voient pas. Je vais discuter avec elle quelques minutes.

"Je ne ferais pas cette bêtise à ta place," lui conseilla Bert. Comme le lieutenant vous voit, il va vous remettre un colis dont vous vous souviendrez longtemps. Vous savez ce que c'est dans ces choses de discipline.

"Bah ! Ça ne me dérange pas. D'ailleurs, si je le prends, je serai seul. Je serai de retour sous peu. Juste quelques mots. En attendant, s'ils me posent des questions, cachez-vous du mieux que vous pouvez. D'accord ?

"D'accord," grommela Bert. Mais attention et ne vous attardez pas trop longtemps... même si j'avoue que Katia est capable de bouleverser le cerveau de n'importe qui.

"Le pauvre est caramélisé comme un écolier" commenta Alf avec une expression de pitié.

Rudi leur donna une tape sur l'épaule et s'éloigna, accroupi dans les herbes, juste au moment où le lieutenant détournait le regard. La jeune femme sursauta lorsqu'elle le vit surgir devant elle des buissons. Rudi n'a pas tourné autour du pot. Il la prit par les mains et l'attirant vers lui lui demanda :

« Nous rencontrerons-nous ce soir... sur le site d'hier ? Droite? Si vous me dites non, je suis capable de traverser avant les grenadiers quand ils tirent sur la cible.

Elle le regardait avec extase. Il tapota les muscles de son bras, laissant échapper une expression admirative.

« Fort, hein ? "Rudi s'est vanté." Eh bien, regardez "et il a gonflé sa poitrine, la bombant jusqu'à ce qu'il semble qu'elle allait exploser.

« Est-ce que ta blessure te fait mal ? » demanda Katia en caressant doucement l'endroit sur sa joue, où elle portait maintenant une bande de plâtre blanc.

« Quelle blessure ? dit Rudi en faisant semblant de ne pas s'en apercevoir. Un sifflement se fit entendre à ce moment précis.

« C'est Bert qui me prévient. Je dois partir. Eh bien, Katia, jusqu'au soir. Vérité?

"Jusqu'à la nuit.

Et Rudi s'éloigna avec les mêmes précautions avec lesquelles il s'était approché. Au moment précis où il se tenait à côté de ses compagnons, le lieutenant ordonna :

« Prêt à continuer l'exercice... ! Mais je vous remarque un peu fatigué, surtout Rudi, Bert et Alf.

« Sommes-nous fatigués ? », dit Rudi. « Vous ne nous connaissez pas, mon lieutenant...

« Il me semble que je te connais trop bien. Eh bien, placez les cibles et nous allons effectuer des exercices de tir avec les mitraillettes.

L'ordre fut exécuté et bientôt une série de rafales retentit, ébranlant l'atmosphère calme du matin.

CHAPITRE IV

Le major Braun, commandant du 3e bataillon, sous les ordres directs duquel se trouvait la patrouille, avait son logement dans une « isba » située à une courte distance de la route. Une sentinelle armée d'une mitraillette et de plusieurs bombes à main attachées à sa ceinture montait la garde à la porte.

Voyant le lieutenant Wahrenfels s'approcher, la sentinelle se redressa avec raideur, se frayant un chemin. Un infirmier est venu rapidement.

« Le major vous attend, mon lieutenant. Par ici, s'il vous plaît.

Le lieutenant pénétra dans l'enceinte de l'« isba », divisée en deux sections par un rideau qui la traversait de part en part. Dans la première, on pouvait voir le lit de camp du major et quelques articles de toilette. Dans la plus réservée il avait ses cartes et plans opérationnels, posés sur une large table.

Le lieutenant Wahrenfels attendit respectueusement que son patron l'invite à entrer, ce que le major fit en entrouvrant le rideau et en disant :

« Allez-y Lieutenant. Nous devons parler.

Le major Braun était un homme de stature supérieure, fort et en bonne santé. Il avait la quarantaine et il y avait une certaine distinction sur toute sa personne, ainsi qu'une énergie et un dynamisme inhabituels. Il fit signe au lieutenant de s'asseoir et lui tendit un paquet de cigarettes.

"Tu fumes" dit-il. La question de ce qui m'a obligé à vous appeler est de la plus haute importance. Il s'agit rien de moins que d'assurer notre supériorité dans le secteur. Comme vous le savez peut-être déjà, les première et deuxième sections de la quatrième compagnie occupent une corniche devant Novo Skolki. Depuis la corniche en question, nous dominons l'autoroute Kolpino-Leningrad, ce qui rend difficile, voire impossible, la circulation sur celle-ci. Or, l'ennemi, qui veut sans doute augmenter son trafic, à en juger par certains symptômes observés ces jours-ci… et qui me sentent assez mauvais, vient de monter une batterie de mortiers lourds qui nous harcèlent sans répit depuis hier… Mais, mieux ce sera que nous observions ce plan » et il remit au lieutenant un dans lequel l'ennemi et ses propres positions étaient marqués de couleurs différentes. Il regarda le lieutenant,

"Très bien, mon commandant" dit Wahrenfels, sachant d'avance à quoi ce préambule allait conduire. "Et tu veux …

"Débarrassez-vous de ces mortiers" conclut brièvement le major, ajoutant après une brève pause : Je ne pense pas que les choses seront difficiles pour vos garçons… c'est ce qu'ils appellent une "petite excursion pour brouter". Mais agissez avec prudence et sans faire trop d'histoires. Ils s'approcheront dans le plus grand silence. Ils élimineront les sentinelles et les serviteurs de la batterie et placeront des charges d'explosion à retardement. Puis reculez à vitesse maximale, en revenant exactement du même endroit où vous avez commencé… c'est-à-dire le rebord. Notre artillerie restera vigilante au cas où il serait nécessaire de les protéger avec une barrière de confinement. À la rigueur, lancez une fusée verte, avec une chute retardée. Essayez d'être intelligent et que personne ne soit laissé pour compte. Si vous pouvez amener un ou deux prisonniers, faites-le. Ils serviront toujours à fournir des données.

Le major Braun se leva. Il fit quelques pas à travers la pièce en suçant sa cigarette et ajouta alors que le lieutenant se levait, se préparant à partir :

« Vous ne savez pas à quel point je suis désolé d'avoir interrompu votre repos si brusquement. Mais dans le cas présent, j'ai besoin d'une patrouille pour finir l'affaire en quelques minutes, sans donner l'alerte dans le secteur… Bonne chance, Lieutenant " dit-il en tendant la main que le lieutenant serra vigoureusement. Et à son retour, il aura peut-être une surprise pour les garçons.

Le lieutenant salua et partit. Alors qu'il se dirigeait vers la caserne, il revoyait mentalement les instructions qu'il avait reçues, essayant de n'oublier aucun détail. Lorsqu'il passa la porte de la concession, les grenadiers se levèrent, au garde-à-vous. Rudi, Alf et Bert se regardèrent en faisant une grimace moqueuse. Ils savaient exactement de quoi il s'agissait, avant que leur patron n'ouvre la bouche.

« Garçons » a commencé le lieutenant. Je viens de rencontrer le major Braun… Et je suis désolé de vous dire que la pause est terminée… du moins pour aujourd'hui. Nous avons "petite excursion de pâturage" pour ce soir. A sept heures, nous nous formerons avec un équipement complet à l'entrée du logement. "Feldwebel" Engerling, s'occuper des munitions et procéder à un examen général. Que les garçons nettoient et graissent leurs armes… et que personne n'oublie la machette.

Cela dit, le lieutenant se retira, attrapant le bord de sa casquette.

« Bon sang ! grogna Rudi. Qu'est-ce qu'il y a à faire maintenant ? Et j'avais une affaire tellement urgente… !

Il mit son chapeau, s'empressa de boucler sa ceinture et ajouta :

"Je viens bientôt !

« Hé ! Où vas-tu ? demanda Bert en se levant.

"S'ils posent des questions sur moi, dites que je serai absent quelques minutes, juste pour…

"Moi, à ta place" l'interrompit Alf ", je me dépêcherais. Tu sais déjà que le lieutenant n'admet pas les blagues quand il faut agir.

"Ne vous inquiétez pas", a déclaré Rudi. Vous ne le remarquerez même pas.

Et cela dit, il a disparu.

* * *

Katia allait et venait entre les tables, servant les premiers clients de l'après-midi. Mais bien qu'apparemment absorbée par sa tâche, ses pensées s'envolèrent au loin vers la silhouette virile de Rudi, qu'elle imagina à ce moment-là, allongé sur sa couchette… pensant aussi à elle. Mais peut-être vaudrait-il mieux mettre fin à cette inutile aventure. Le sort d'un soldat est si incertain...! Et quand Rudi est parti, ils ne se reverraient probablement plus jamais.

Une ombre bloqua la porte. Katia leva les yeux. Rudi la regardait depuis la porte. La jeune femme lui sourit et il fit un bref signe, l'invitant à sortir.

"Katia" dit le grenadier, une fois qu'ils étaient un peu loin de "l'isba"". Ce soir... je dois sortir. Nous partirons dans peu de temps. Mais d'abord je voudrais te demander une chose... « Il a hésité. Elle le regarda profondément émue. " Je voudrais ta promesse que si un fichu pétrolier " serre les dents " te fait l'amour, souviens-toi de moi et rejette-le.

« Promis, Rudi » répondit-elle en regardant son visage. Vous ne partirez pas longtemps, n'est-ce pas ?

"Je n'y crois pas. Et quand je reviens...

Ils se tenaient la main.

"Au revoir, Katia. Ou plutôt, au revoir... "Auf wieder sehen."

"" Dosvidanie, Rudi. « Et soyez très prudent.

« Ne t'inquiète pas ma chérie. La patrouille de Wahrenfels est la patrouille chanceuse. Je n'ai jamais pu être envoyé à l'hôpital pour me reposer pendant un petit moment... ça me manque !

* * *

Alf et Bert ont accueilli leur camarade avec des récriminations et des sarcasmes.

"Le 'feldwebel' vous a demandé, et nous avons dû lui dire que vous étiez allé boire un verre", a déclaré le premier.

"Eh bien, qui te dit que non ? J'étais dans la taverne. Et pourquoi aller dans une taverne sinon pour boire ?

« Arrêtez les ironies. Et votre russe ? Avez-vous beaucoup pleuré ?

"Non. Comme l'absence durera peu de temps...

« Tant qu'un pétrolier ne le conquiert pas.

« Il n'y a pas de pétroliers pour Rudi.

Eh bien, les gars. Moins de discours " est intervenu le " feldwebel " ". Et toi Rudi, essaie de ne pas disparaître sans prévenir, comme récemment. Je n'ai pas envie d'avoir des complications avec le patron.

A sept heures, la patrouille s'est alignée devant leur logement avec l'équipement complet. Le lieutenant Wahrenfels s'est présenté avec une ponctualité rigoureuse. Son inspection fut brève. Il y eut le ronronnement d'un moteur, et bientôt un camion s'arrêta devant les grenadiers.

« Debout ! ordonna le lieutenant.

Ils s'accommodèrent du mieux possible, et en quelques minutes le camion se dirigea vers l'avant, d'où partaient des éclairs rougeâtres accompagnés du grondement rauque des obus d'artillerie et du bruit lointain des mitrailleuses.

CHAPITRE V

Lorsqu'ils ont atteint environ quatre kilomètres des lignes de front, les feux de sécurité du véhicule se sont éteints et le véhicule a continué dans l'obscurité totale jusqu'au poste de commandement du bataillon. Le lieutenant descendit prévenir son supérieur, déjà prévenu d'avance, par le colonel du régiment. L'échange de vues a été très bref.

"Nous resterons prêts au cas où il serait nécessaire de les aider", a déclaré le major Baer. À la rigueur, n'oubliez pas de lancer la fusée verte. Le téléphone est prêt et les canons visent cette joyeuse batterie fortifiée.

« À vos ordres, mon commandant... Et jusqu'à notre retour.

« Au revoir. Bonne chance », répondit le major Baer, en saluant.

Le lieutenant Wahrenfels a appelé ses hommes. Une fois rassemblé autour de lui, il se mit à les informer des détails les plus importants de l'opération.

"En bref", a-t-il déclaré, "on peut appeler cette incursion" silencieuse et efficace. " Notre objectif principal est d'éliminer les sentinelles et les équipages sans causer de bruit inutile. Une fois les "haut-parleurs" retirés, nous procéderons à la mise en place de charges de dynamite aux endroits appropriés. Le retrait se fera de la même manière. S'il y a danger ou l'ennemi tire la sonnette d'alarme, Schmit va lancer une fusée verte... et attention à la confusion des couleurs, hein, mon garçon ?.

Un maillon était chargé de les conduire jusqu'à la corniche.

"Ça va être un jeu d'enfant", a déclaré le caporal, alors que le groupe se mettait en route. Je parie qu'on les a trouvés endormis.

"Je ne me vanterais pas trop à votre place", a déclaré Bert. Vous souvenez-vous de cette époque où ...?

" Silence ! " ordonna le lieutenant. " Assez de commentaires ! Dès que j'en entendrai un parler, je vais l'envoyer à vingt mètres au premier plan. " Feldwebel ", faites circuler le mot de passe : " Flakbatterie ".

Les grenadiers s'avancèrent en essayant de ne pas faire de bruit de leurs pas. Arrivés aux avant-postes protégés par des sacs de sable, ils préparèrent leurs armes et vérifièrent les bombes à main qui étaient distribuées le long de la ceinture. Au signal du lieutenant, ils s'avancèrent vers le fil. Le lien indiquait le passage existant en lui-même, et le lieutenant en prit bonne note pour ne pas se perdre à leur retour. La nuit était maussade. Rudi a sécurisé le chargeur de sa "mitraillette".

Une fois dans le « no man's land », les précautions redoublèrent. Ils avancèrent accroupis. Le lieutenant s'oriente avec sa boussole de poche lumineuse. Il fallait s'approcher sans que l'ennemi ne se doute de rien. La batterie était à environ deux cents mètres en avant, un peu à gauche. Une fusée lumineuse s'éleva dans les airs et les grenadiers se jetèrent à terre comme un seul homme. Une mitrailleuse a tiré une rafale au-dessus de leurs têtes. Ils traînèrent. Il fallait traverser la tranchée ennemie, la batterie étant un peu plus en retrait, puis reculer sans faire le moindre bruit. Le succès ou l'échec de l'entreprise en dépendait.

Au signal du lieutenant, les grenadiers s'étendirent à terre, parfaitement immobiles.

« Envoyez un éclaireur », murmura Wahrenfels au « feldwebel ».

Ce dernier tapa sur le bras le grenadier le plus proche, qui rampa vers la tranchée. Les minutes passèrent lentement, transformant la brève attente en une éternité. L'explorateur revint peu de temps après.

« Une sentinelle monte la garde dans la tranchée », dit-il.

"Nous devons l'éliminer" fut l'ordre brutal du lieutenant Wahrenfels.

« Rudi et Bert » murmurèrent le « feldwebel ». Et demandez à Alf de les couvrir.

Les deux camarades se firent un clin d'œil et s'éloignèrent en rampant, tandis qu'Alf se glissait derrière lui avec la "mitraillette" prête. En quelques minutes, ils étaient de retour.

"Il est tombé comme un poussin", rapporta Bert.

Les autres se souriaient.

"Maintenant, nous ne pouvons pas nous divertir", a déclaré le lieutenant. Comme ils découvrent cette sentinelle éliminée, je ne donne pas une cigarette pour notre peau.

Ils coupèrent le fil avec des pinces spéciales, munies de poignées isolantes en prévision d'éventuels câbles électriques, puis ils se croisèrent les uns après les autres, sautant par-dessus la sentinelle supprimée. La fortification était visible à environ deux cents mètres de distance, parfaitement visible à cause de la terre remuée. Très probablement, un homme ou deux s'y étaient postés, tandis que les autres dormaient dans une cabane à proximité.

Le lieutenant leva la main droite et la patrouille se divisa en deux groupes, l'un sous son commandement et l'autre sous le feldwebel. Ces derniers comprenaient Rudi, Bert, Alf et le caporal. La première éliminerait les gardes et procéderait au placement de charges explosives. La seconde visait à détruire l'équipage du mortier et à faire un ou deux prisonniers, selon les instructions reçues. La brigade fit un geste et le groupe se déplaça, tandis que celui du lieutenant s'éloignait en sens inverse. Ils ont fait un petit détour. Après avoir parcouru une centaine de mètres, ils distinguèrent un monticule, indiquant qu'en dessous se trouvait l'abri. Rudi se tourna le pouce vers lui-même et le feldwebel hocha la tête.

Ils rampèrent en avant. Le silence était absolu. Seul le coup isolé occasionnel a tiré de temps en temps. Les deux groupes ont convergé, l'un sur la position et l'autre sur la cabane située à très courte distance de celle-ci. Alors que le feldwebel et ses hommes étudiaient le terrain, deux bruits sourds se firent entendre. Les lieutenants venaient d'achever les gardiens des pièces. Rudi se dirigea seulement vers la porte et l'ouvrit prudemment, poussant avec le canon de sa « mitraillette ». A l'intérieur, l'atmosphère était irrespirable. Cinq Russes dormaient profondément en ronflant. Rudi secoua le premier d'entre eux, en lui ordonnant dans sa langue :

« Lève-toi, mon garçon ! Pour soulager !

Le soldat se leva en grognant, et sans allumer aucune lumière, il attacha son étui et ramassa son fusil. Debout de chaque côté de la porte, Bert et Alf l'attendaient avec leurs petites houes. Il y eut un coup et le Russe s'effondra au sol. Les quatre autres sortaient par intervalles, réveillés par Rudi, pour recevoir un coup précis à leurs dents dures, avec des effets flétris et décisifs, qui les renversaient les uns après les autres. L'opération s'est déroulée avec succès, au milieu du silence le plus complet. Quatre Russes étaient allongés sur le sol lorsque Rudi est sorti en poussant le cinquième soldat avec le canon de sa « mitraillette ».

"Il n'y en a plus ? demanda le 'feldwebel'.

"Il n'y a plus que des punaises de lit là-dedans", répondit Rudi en se grattant vigoureusement et en respirant l'air frais de la nuit à pleins poumons. « Quelle odeur ! Encore une fois je n'oublierai pas un bon insecticide. Et il fit un geste de fumigation avec le canon de son pistolet.

De son côté, le lieutenant et ses garçons avaient déjà terminé la mise en place des explosifs. La tâche peut être considérée comme terminée. Il ne restait plus qu'à se retirer en bon ordre avec le prisonnier, sans donner l'alarme. La tranchée et le fil ont été croisés. Ils avaient parcouru une centaine de mètres lorsque des rumeurs résonnaient derrière eux. Le lieutenant ordonna de se dépêcher. Une mitrailleuse s'était mise à cliqueter. Une fusée s'est envolée dans les airs. Encore cent mètres. Soudain, une horrible explosion a secoué le sol. La batterie de mortiers avait été détruite. Rudy sourit.

« A la course ! ordonna le lieutenant.

Sans tenir compte de toutes les précautions, les grenadiers franchirent à toute vitesse la distance qui les séparait de leurs propres tranchées. Maintenant, il y avait déjà plusieurs machines qui leur crachaient du feu.

« Est-ce que j'ai lancé la fusée ? Demanda le grenadier qui en avait la charge.

"Pas besoin" répondit le lieutenant. Nous découvririons inutilement notre position et, d'autre part, il me semble que la nôtre a déjà commencé à agir.

En effet, des lueurs intermittentes brillaient à l'horizon. En quelques secondes les obus d'artillerie passèrent au-dessus de leurs têtes avec des sifflements impressionnants et un véritable enfer se déchaîna derrière eux. Ils étaient aux barbelés. Le lieutenant a pris ses marques. Le col était proche. Ils donnèrent le mot de passe et en quelques secondes ils sautèrent tous dans la tranchée.

Une brève inspection et le lieutenant ordonna :

"À la maison!

« Home Sweet Home ! » soupira Rudi. « Que fait mon Russe ? » ajouta-t-il en sortant sa pipe et en la remplissant de tabac alors que le groupe sortait de la tranchée.

« Comme je vais dormir confortablement ! marmonna Bert, avec un énorme bâillement.

CHAPITRE VI

Le lendemain matin, le lieutenant Wahrenfels fit entraîner ses grenadiers pour les informer que par ordre de commandement ils bénéficieraient d'une semaine de repos absolu.

« Le major Braun vient de me le dire », les informa-t-il. C'est la surprise que je vous réservais. Ils sont satisfaits de notre performance, ce qui ne peut que me rendre fier. Nous ne ferons des exercices théoriques que quelques heures par jour et le reste du temps vous appartient... J'espère que ce ne sera pas trop long. Et maintenant, rompez les rangs et amusez-vous !

Les grenadiers jubilaient, Rudi, Alf et Bert se giflaient fort en riant.

"Le plus chanceux est Rudi", a déclaré Alf. Au moins, il a une petite amie avec qui sortir.

« On ne peut pas l'avoir ? demanda Bert. Cet homme abasourdi a-t-il cru qu'il était le seul à les vaincre ? A partir de maintenant je vais vous montrer qu'ils fondent aussi pour moi.

« Tais-toi, morceau de thon ! Où vas-tu avec ce visage ?

« As-tu cru que tu étais un Adonis ?

"Je suis Apollon en personne" se vanta Rudi en bombant le torse et en tordant sa casquette.

Lorsqu'ils arrivèrent à proximité de la taverne, ils virent Katia sortir avec un panier de vêtements sales. Rudi siffla et la fille tourna la tête. Une expression de joie profonde était peinte sur son visage.

"Où vas-tu, chérie ? demanda Rudi.

« Eh bien, à la rivière pour se laver.

« Puis-je vous accompagner ?

"Non. Tu ferais mieux d'aller boire un verre. Je pense que ça te conviendra parfaitement.

« Si vous ne le servez pas, vous allez me ressembler à du poison.

« Mon père le servira pour vous. Je reviens tout de suite.

« Allez, Rudi. Va avec elle » dit Alf. Pourquoi tant de dissimulation ?

"Je n'ai pas envie d'aller me promener", a répondu celui-ci. Prenons un verre.

Les trois sont entrés dans les locaux. Le vieil Ivan s'occupait des soldats.

"'Vodka', 'vodka' et 'vodka'" demanda Bert en se désignant lui-même et les autres.

Le vieil homme hocha la tête. Peu de temps après, il est venu avec des verres et une bouteille d'alcool. Rudi a servi ses deux amis. Il essaya de paraître insouciant, mais ses pensées se fixaient sur Katia, qui à ce moment-là serait au bord de la rivière, dans un certain bel endroit couvert d'herbes hautes et caressé par la brise. Une demi-heure passa. L'endroit s'animait et la plupart des tables étaient déjà prises. La fumée a tout envahi. Soudain, Rudi se leva.

"Je vais me promener là-bas", a-t-il dit. Je veux respirer un peu d'air frais.

" De l'air frais ? " Répétèrent Bert et Alf en se regardant avec un sourire narquois. " Allez, vas-y. Et plus ça prend de temps, mieux c'est... pour toi.

Rudi sortit dans la rue. Le soleil brillait dans le ciel. Des groupes de soldats allaient et venaient causant et riant. La guerre semblait bien loin sous ce ciel splendide, dans ce village tranquille et paisible. Rudi a pris le chemin de la rivière. Laissant derrière lui les dernières maisons, il descendit la berge puis continua en amont. Une épaisse végétation poussait à ces endroits. Il a encore marché assez longtemps. Soudain, il la vit, accroupie au bord de l'eau dans un petit bassin. Il siffla de loin pour ne pas lui faire peur. En le voyant, elle se leva et sortit à sa rencontre.

Ils se tenaient la main.

« Comment vas-tu, Rudi ? Il ne t'est rien arrivé ?

"Tu vois que je suis entier", répondit-il en bougeant un peu pour qu'elle puisse le contempler à son gré.

"Oui, oui" ses yeux bleus brillaient de joie. J'ai beaucoup pensé à toi. Et toi ? Vous vous souvenez de la pauvre Katia ?

« Et si je m'en souvenais ? Je ne pensais à rien d'autre qu'à te revoir au plus vite... ici, au bord de la rivière... nous deux.

« Non, Rudi. A quoi bon nourrir de vaines illusions ? Tu partiras un jour, pour ne jamais revenir... et je resterai ici, avec seulement ta mémoire.

Rudi serra fermement ses mains. Ils étaient dans un endroit calme et isolé, le soleil se couchant déjà dorait le ciel et une brise faible et aromatique soufflait. Il a essayé de la rapprocher, et elle a résisté. Il l'avait prise par les bras. Je voulais l'embrasser. Il sentit le doux parfum de la jeune femme envahir ses sens. Katia s'éloigna et fit quelques pas.

"Non, Rudi, non" dit-il. Ce serait inutile. Allez avec vos amis. Bon, à plus tard.

Rudi s'éloigna vers la route, grincheux. Il l'attendait près du pont. Au bout d'un moment, il la vit arriver avec son panier de vêtements. Il attrapa une poignée et les deux se dirigèrent vers la taverne. Il la laissa entrer seule et peu de temps après.

Alf et Bert avaient distribué la majeure partie de la bouteille. Il y avait en eux une euphorie à peine contenue.

« Comment ça s'est passé, mon garçon ? demanda Bert en faisant un clin d'œil.

"Il semble qu'il apporte le visage de quelques amis" a commenté Alf, pour sa part.

« Avez-vous combattu ?

« Taisez-vous, idiots ! « S'exclama Rudi en déchargeant un coup de poing sur la table. » Et toi, mon vieux, apporte une autre bouteille.

Ils ont continué à boire. Une fille russe s'était mise à chanter une chanson mélancolique du pays et toutes les trois gardaient le rythme avec leur tête. Katia est restée à l'intérieur de la maison, évitant de sortir.

Bert et Alf étaient un peu étourdis. Rudi vida lentement la bouteille sans apparemment avoir d'effet sur l'alcool. Il avait l'habitude de boire et se vantait de son endurance. Cependant, à cette occasion, il aurait préféré que l'alcool extrêmement fort lui trouble la tête le plus tôt possible, jusqu'à ce qu'il lui fasse oublier que Katia n'avait pas voulu le laisser la tenir dans ses bras.

Il était tard dans la nuit lorsqu'ils quittèrent les lieux tous les trois. Ils marchaient bras dessus bras dessous, d'un pas un peu incertain, en chantant fort. Une patrouille le croisa.

"Ce sont les "trois inséparables"", a commenté un militaire.

"Trop vantard" ajouta un autre. Sûr! Comme ils sont si gâtés ! Ces grenadiers pensent...

" Tu ferais ce qu'ils font ? " Le caporal l'a interrompu. " Tu ferais mieux de te taire, imbécile !

Alf, Bert et Rudi marchaient dans la rue. Arrivés à la caserne, ils redoublèrent de cris, forçant la sentinelle à leur ordonner de se taire. Ils sont entrés dans les locaux en grand tumulte. Le "feldwebel" leur a ordonné de se présenter.

« Est-ce l'exemple que vous savez donner ? Il "grogna". Heureusement qu'on est au repos et je ne veux pas vous déranger, sinon...

Rudi a remonté le chapeau jusqu'à ses yeux.

Hé, feldwebel ! "Lui a dit". Une jeune femme ne vous a jamais donné de citrouilles ?

Le « feldwebel » était rouge d'indignation. Deux grenadiers se levèrent et, prenant les trois camarades par le bras, les forcèrent à s'asseoir sur leurs lits. Rudi s'allongea sur le sien. Pendant longtemps, la silhouette de Katia tournait dans son cerveau en prenant des formes étranges. Dès qu'il la vit s'approcher de lui, affectueuse et soucieuse, ses lèvres rouges s'ouvrirent en un sourire, comme si elle s'éloignait, maussade et hostile, parmi les hautes herbes de la rive du fleuve. Il dormait très mal et faisait des cauchemars. Il rêva que lui et Katia se tenaient la main à travers un lieu enchanteur. Soudain, le ciel se couvrit de nuages menaçants, des éclairs jaillirent et dans sa lumière livide, un horrible individu noir, avec un crâne blanc sur le front, les attaqua et tenta d'emmener Katia. Rudi se débattait sur sa couchette,

Alf et Bert ronflaient un peu plus. Rudi resta éveillé longtemps. A l'extérieur, le bruit des véhicules circulant sur la route retentissait, et au loin, un bruit sourd indiquait la présence de l'avant. Il fit des efforts pour dormir. Mille images sillonnaient son cerveau. Vers l'aube, un lourd sommeil l'envahit et bientôt il s'endormit dans un sommeil profond et agité.

CHAPITRE VII

Un énorme sursaut le réveilla. De fortes explosions ont secoué le bâtiment. Les vitres des fenêtres se brisaient. Les grenadiers s'étaient levés de leurs couchettes et essayaient de se protéger du mieux qu'ils pouvaient contre les murs épais. Une épaisse fumée envahissait tout. Les explosions se succédaient sans interruption, transformant le paisible village en un enfer de flammes et de cris.

Alf, Bert et Rudi coururent en direction d'une tranchée creusée à une courte distance de la maison, en guise de refuge. La tempête de fer faisait rage avec des hurlements glaçants et d'horribles détonations qui secouaient le sol.

"C'est le 'vingt et un'", a déclaré Bert. Mais comment est-ce possible si jusqu'à récemment il n'y avait que de l'artillerie de moyen calibre dans le secteur ?

« Ils les auront transportés ces jours-ci », dit Alf, impassible.

« Cela indique que le train roule à nouveau derrière les lignes russes. Mais notre aviation n'avait-elle pas détruit la piste ? demanda Rudi.

"L'aviation pense toujours qu'elle détruit tout", a déclaré Bert. Mais il vole trop haut. Il n'y a aucun moyen de se coller au sol et de placer une bonne charge d'explosifs au bon endroit.

Le rugissement des chocs continua. Les villageois couraient dans la terreur dans toutes les directions. Certaines « isbas » commençaient à brûler.

« Comme quelque chose arrive à Katia... ! menaça Rudi en grinçant des dents.

Une fille s'était arrêtée à peu de distance de la tranchée où les trois grenadiers s'étaient réfugiés. Elle pleurait de façon incontrôlable et regardait dans toutes les directions à la recherche de quelqu'un qui pourrait la protéger. Un projectile a explosé si près de la créature que ses vêtements ont tremblé sous le déplacement de l'air. Rudi posa les deux mains sur le bord de la tranchée, prêt à lui venir en aide.

« Où vas-tu, imbécile ? demanda Bert alarmé.

« À la recherche de cette fille... Et puis, voir ma Katia.

Il a sauté hors de l'abri et a couru vers la fille. Il la surprit et la conduisit à ses deux camarades.

"Gardez-le là avec vous" leur dit-il.

Et il est reparti, intrépide par la fumée et les éclats d'obus. Leur propre artillerie se préparait à répondre. Les bouches brillantes des batteries s'élevèrent lentement jusqu'à l'angle approprié. Les serviteurs aux casques ajourés se positionnent stratégiquement autour des pièces. Les grenades ont rapidement circulé. Les grévistes étaient arrangés. Il y avait trente canons de gros calibre dans le secteur, en plus de quelques mortiers à longue portée dont les projectiles ouvraient d'énormes cheminées et étaient capables de faire tomber d'un seul coup les bâtiments et les fortifications les plus solides. A un signal, toutes les pièces vomissent leur charge. Il y avait un horrible sifflement dans l'air et en quelques secondes, les projectiles s'abattaient comme des monstres destructeurs sur les positions d'artillerie opposées.

Alf et Bert sont restés dans leur abri avec la fille abandonnée. Des ambulances se rendaient en ville. L'artillerie ennemie espacait ses tirs et au bout d'une demi-heure le feu avait complètement cessé. Plusieurs maisons brûlaient et les habitants de Novo-Skolki se préparaient à combattre les incendies. Alf et Bert ont quitté le refuge prêts à participer aux tâches de sauvetage, comme tous les soldats en permission. Le bombardement avait fait un bon nombre de victimes parmi la population civile. Les scènes déchirantes ont suivi, et des brancards sont passés avec des cadavres recouverts de couvertures. D'énormes entonnoirs s'ouvrirent dans les rues et une brume épaisse et une odeur de poudre à canon et de trilite flottaient toujours dans l'air.

A son poste de commandement, le major Braun était au téléphone avec le colonel du régiment.

« Mon colonel, nous venons de subir un terrible bombardement de l'artillerie adverse. Il s'agit de canons de gros calibre qui n'avaient jusqu'à présent montré aucun signe de vie dans ce secteur. Ils viennent sans doute d'être transportés et mis en place. Il ne fait aucun doute que le train roule à nouveau derrière les lignes russes.

"Bien, commandant", répondit le colonel. Nous transmettrons le rapport à la Division. En attendant, construire des abris pour les militaires et la population civile.

« A vos ordres, mon colonel » et le major Braun raccrochèrent le combiné, procédant immédiatement à donner les instructions pertinentes pour l'exécution de l'ordre reçu.

* * *

Rudi avait couru comme un fou, ignorant les explosions qui se produisaient autour de lui, secouant le sol comme si un tremblement de terre se produisait. L'un d'eux l'a jeté contre le mur d'une "isba" en feu et une grosse bûche est tombée en flammes à quelques centimètres de sa tête. Rudi poursuit sa carrière en direction de la taverne. Son intérieur a été envahi par une épaisse fumée provenant d'un incendie à proximité. Il n'y avait personne autour. Cinq projectiles dégringolèrent dans la rue avec un rugissement effrayant. Rudi est sorti. Katia devait s'être réfugiée dans les environs. Il quitta la route et sortit dans le champ. Dans les ravins, on pouvait voir un bon nombre de personnes blotties le visage contre le sol. Il a fait un long chemin pour tout inspecter. Enfin, à côté d'une éminence du pays, il vit Katia. Elle était allongée sur le sol essayant de se protéger de la meilleure façon possible. Il sauta à ses côtés. La jeune femme poussa un cri de surprise.

« Comment vas-tu, Katia ? » dit-il. Il ne t'est rien arrivé ?

« Rien à part la peur horrible que je traverse.

Il tremblait comme une feuille. Rudi se rapprocha d'elle et passa un bras autour de sa taille, la tirant contre lui. Les minutes passaient lentement. Mais pour les deux amants le bombardement avait cessé d'exister. Ils vivaient dans un monde de rêve qui n'avait rien à voir avec les projectiles explosant à une courte distance, les cris de terreur, la fumée des explosions et l'effondrement de maisons modestes.

* * *

Alf et Bert ont aidé une femme âgée à sortir des décombres et l'ont ensuite placée sur une civière. Elle a subi de graves brûlures et deux soldats l'ont emmenée d'urgence vers la trousse d'urgence. Certaines ambulances partaient déjà pour l'hôpital du sang le plus proche.

"Où est passé Rudi ? demanda Alf en s'arrêtant un peu pour regarder dans toutes les directions.

"Il sera dans un abri," dit Bert ironiquement, faisant un geste ondulant avec ses mains.

« Je n'aurais jamais pensé qu'une femme le rendrait si moka !

« Hé regarde ! Le voici !

En effet, Rudi courait. Dès que le bombardement s'est arrêté, son sens du devoir a prévalu, et après avoir embrassé Katia au revoir, il a couru en ville prêt à aider à secourir.

Les trois camarades se préparent à l'action. Certaines maisons ont dû être étayées et d'autres menaçaient de s'effondrer. Le travail était rude et fatiguant. À midi, la fumée des explosions s'était complètement éclipsée, un soleil radieux brillait et d'énormes entonnoirs aux bords carbonisés et des bûches brûlant sur le sol ont été laissés sur le sol comme traces de l'énorme bombardement. La population a subi un bon nombre de pertes et plusieurs soldats ont été blessés, mais pas grièvement.

Bert, Rudi et Alf se retirèrent dans leurs quartiers avec des visages noircis et des uniformes déchirés. Peu de temps après, le lieutenant Wahrenfels est venu inspecter sa troupe. Hormis quelques brûlures et contusions, les grenadiers n'avaient subi aucun dommage grave.

"Cette tranchée doit être approfondie et recouverte de bûches et de terre", leur a-t-il dit. De cette façon, vous ferez un peu d'exercice, pour rester en forme, de peur que vos muscles ne s'atrophient.

Pendant la nuit, l'artillerie allemande a continué à tirer par intermittence sur les positions ennemies. Il y avait un certain sentiment de détresse dans l'air, comme si des événements importants approchaient. Un avion russe, feux éteints, a survolé la route, larguant des bombes sur les villes voisines. Les mitrailleuses antiaériennes, stationnées dans les environs, ont répondu en tirant des traînées de balles traçantes dans les airs. La vigilance est ordonnée d'être renforcée, et quelques motocyclistes circulent entre le poste de commandement du bataillon et la ville où se trouve le quartier général de division.

CHAPITRE VIII

Deux jours passèrent. La ville se remettait des dégâts causés par les bombardements. La vie reprit son rythme normal et comme traces du désastre se trouvaient quelques ruines noircies par la fumée et les immenses brèches ouvertes par l'explosion des projectiles. Les soldats en permission circulaient joyeusement dans les rues et dans la taverne du vieil Ivan, il était difficile de trouver une table disponible.

A en juger par certains symptômes, le commandement procédait au renforcement de ce secteur. Une compagnie de sapeurs était entrée et, après un court séjour à Novo-Litka, partit pour le front avec leurs fournitures de travail. Les batteries antiaériennes situées à des endroits stratégiques restaient en alerte. Un bataillon de chars stationné à Krasnovardeisk a détaché des véhicules blindés vers les villes environnantes. Apparemment, l'ennemi tentait une action pour améliorer ses positions avant que l'hiver avec ses neiges et sa glace rende tout mouvement impossible.

La ville de Leningrad, ceinte par le nœud coulant des divisions allemandes, tentait de respirer. Seul un chemin de fer la reliait à l'extérieur par la brèche du lac Ladoga, située au nord, vers la frontière finlandaise, et par cette seule voie de communication la ville peuplée recevait les aides nécessaires. Maintenir un tel lien avec l'extérieur était un objectif d'une importance vitale pour les assiégés. Les avions allemands larguaient leurs bombes sans relâche sur la voie ferrée, mais l'imprécision des frappes aériennes était aggravée par la rapidité avec laquelle les bataillons d'ouvriers réparaient les dégâts. La circulation, bien que précaire, s'est poursuivie. Et la preuve en fut le récent bombardement de certaines villes, effectué avec des pièces de gros calibre récemment transportées au front.

Le Haut Commandement étudiait un plan visant à la destruction définitive du chemin de fer. Une fois cela éliminé, la ville n'a pas pu se maintenir plus de quelques mois.

Pendant ce temps, les unités continuaient leur tâche quotidienne, attendant le moment de lancer l'attaque. Un poste d'observation avait été installé à Novo-Litka, avec des ballons captifs, leurs surfaces argentées luisant au soleil.

Alf, Bert et Rudi ont quitté leur logement en milieu d'après-midi. L'atmosphère était douce et calme. Machinalement ils se dirigèrent, leurs pas vers la taverne, Katia sourit à Rudi et le salua d'un geste joyeux. Ils se sont assis pour boire des verres de « vodka ». A l'approche de la jeune femme, Rudi dit à voix basse :

« Pourquoi ne sortons-nous pas nous promener ? Tu veux que je t'attende dehors, chérie ?

"Eto nevozmoino"Elle a répondu en russe Mais plus tard veroyatno. Je vous le ferai savoir.

Alf et Bert la regardaient sans comprendre le jargon.

" Qu'est-ce que tu proposes ? " A demandé le premier. " Quelque chose que nous ne pouvons pas savoir ?

« Rien de particulier, les gars. Juste une petite promenade dans le quartier. Y a-t-il quelque chose qui ne va pas?

« Tu as déjà assez de mouches pour nous, Rudi. Tant de montées et de descentes viennent à l'échelle de n'importe qui. Est-ce que vous avez l'intention de vous laisser piéger par cette jeune femme ?

"Katia est merveilleuse" dit Rudi en roulant des yeux et en poussant un profond soupir.

« Et si naïf ! "Bert a ironisé." Regardez-la flirter avec ces chauffeurs.

En effet. Katia s'est moquée de la plaisanterie de deux soldats des transports qui avaient laissé leurs camions à l'extérieur, en revenant du front. Rudi se renfrogna. Ses yeux ont tiré des étincelles.

"Il n'y a aucun doute", a déclaré Alf. Le garçon est jaloux. Ha! Ha! Ha!

" Ne le fais pas ! " Bert le coupa comiquement alarmé. " Ne le provoque pas. Je ne veux pas que le lieutenant nous ordonne de nous frapper comme l'autre jour.

Rudi se leva et se dirigea vers la porte. En passant devant Katia, il dit en russe avec un accent irrité :

« Je t'attendrai à côté de la dernière maison, près du pont.

Et il a commencé à marcher en essayant de contenir sa nervosité.

Katia a mis du temps à venir. Il est venu avec un air facile à vivre et joyeux. Quand elle l'atteignit, elle le prit par les bras et dit en riant :

« Mais qu'est-ce que tu as, mon Rudi ? Êtes-vous jaloux? Mais, si ces garçons étaient la mer des amis ! L'un d'eux m'expliquait que...

« Je me fiche de ce qu'il t'expliquait.

Il la prit par le bras et ils se mirent en route vers le champ. Les ombres du soir commençaient à tout envahir. Le ciel, d'un bleu pur, s'assombrissait et une étoile brillait dans les hauteurs. Katia se serra contre lui.

"J'ai froid" dit-il.

Rudi passa un bras autour de ses épaules. Il sentit son corps chaud se presser contre le sien. L'odeur de ses cheveux l'enivrait. Ils s'arrêtèrent parmi quelques arbres, près du ruisseau. Katia s'est assise sur un monticule et Rudi a fait de même à côté d'elle. Ils se tenaient la main, se regardaient dans les yeux.

" Katia " commença-t-il ", je... je t'aime. Je comprends que c'est idiot, mais je n'y peux rien. L'autre soir, pendant que nous jouions, je ne pensais qu'à toi. Et pour la première Depuis que j'étais à la guerre, je voulais revenir sain et sauf... juste pour être à nouveau à tes côtés... et te parler, comme maintenant.

« Je t'aime aussi, Rudi. Le destin nous a mis l'un en face de l'autre. La guerre est cruelle, mais un jour elle finira, et alors peut-être que toi et moi pourrons rester ensemble pour toujours... Mais à quoi bon se faire des illusions ? Vous repartirez et je resterai ici en pensant à votre retour. Peut-être retournerez-vous dans votre pays et vous ne vous souviendrez plus jamais de Katia.

Les larmes lui montèrent aux yeux. Rudi l'attira doucement vers lui. Elle a cédé. Leurs lèvres se rencontrèrent dans un baiser.

« Quoi qu'il arrive » murmura-t-il « Je t'aimerai toujours. Veux-tu venir avec moi, hein, Katia ? Tu verras comme nous serons heureux quand tout cela sera fini et que la paix règnera à nouveau sur terre.

Ils restèrent longtemps en extase profonde. Il faisait déjà nuit noire. Les étoiles brillaient au-dessus du ciel. Au loin, un clairon retentit. Le bruit étouffé des camions circulant sur la route les atteignit.

"Nous devons y aller," marmonna Katia. Mon père sera inquiet.

Rudi se leva et, tendant les mains, l'aida à se relever. Ils repartirent lentement, sans se réveiller de leur rêverie. Le grenadier l'accompagna jusqu'à la porte même de la taverne. Ils s'embrassèrent à nouveau dans le noir.

"A demain, Katia... Et rêve de moi.

« A demain, Rudi.

Alf et Bert étaient déjà dans la caserne, allongés sur leurs lits superposés lorsque leur camarade arriva.

« A quelles heures, mon ami ! Comment s'est passé le spectacle ? dit le premier.

Rudi grogna d'un air grognon. Je ne plaisantais pas. Il s'étendit sur sa natte et resta immobile, le regard perdu dans le vide.

"L'allégation dure toujours", a ajouté Alf. Il faut voir à quel point un homme peut tomber !

Il se retourna et s'installa pour dormir. Bert regarda Rudi d'un air dédaigneux et, prenant un journal, se mit à lire à la lumière tamisée d'une ampoule.

Une rumeur lointaine se fit entendre qu'elle approchait peu à peu. Plusieurs escadrons d'avions ont traversé l'espace. Les grenadiers écoutaient attentivement.

"Où iront-ils ? Demanda l'un d'eux.

"Je m'en fous", répondit Bert "tant qu'ils ne téléchargent pas ici.

La rumeur s'est envolée. Peu de temps après, des secousses presque imperceptibles secouèrent le sol. Les bombes ont explosé au-dessus de la ville assiégée, tandis que des dizaines de projecteurs sillonnaient le ciel à la recherche des engins d'attaque et que les canons antiaériens déversaient leurs éclats d'obus dans les airs, à la recherche des ailes d'acier qui marquaient leur chemin d'une traînée de mort et destruction. Bert a éteint la lumière, et au bout d'un moment, il ronflait paisiblement tandis que les avions bourdonnaient sur le chemin du retour.

CHAPITRE IX

« Pour former ! », cria le 'feldwebel'.

Il était sept heures du matin. Les grenadiers se précipitèrent pour prendre place dans les rangs. Le lieutenant est venu voir la liste. Un par un, ils répondirent en entendant son nom. C'était une simple routine, que le lieutenant lui imposait pour ne pas perdre l'habitude de la discipline de caserne. Des services furent nommés et le « feldwebel » allait ordonner la rupture des rangs, lorsque le lieutenant l'arrêta d'un geste.

"Rudi, Bert et Alf viendront chez moi", a-t-il déclaré. J'ai une affaire importante à vous communiquer.

« Que diable veut-il ? marmonna Rudi.

"Peut-être qu'ils nous ont donné la Croix de fer de première classe et un permis pour Berlin", dit Bert avec une grimace.

Le lieutenant s'éloignait et les trois grenadiers le suivirent. Le chef de patrouille s'arrêta lorsqu'il atteignit la porte de son « isba ».

"Entrez, les gars" leur dit-il. Nous prendrons un verre et discuterons.

"Tellement de gentillesse me fait peur" dit doucement Rudi.

Ils se mirent à table et le lieutenant commença sans plus tarder :

« La situation s'est un peu compliquée ces jours-ci. Apparemment, les Russes ont des renforts qui ne peuvent leur arriver qu'au moyen du chemin de fer que nous avons essayé par tous les moyens de détruire, sans être absolument réalisé à ce jour. Cependant, certaines circonstances imprévisibles peuvent survenir et contribuer à améliorer vos communications. Le major Braun m'a appelé hier soir pour m'informer qu'il faut savoir quelque chose... Et pour cela il n'y a que deux systèmes : faire une excursion en terrain ennemi, observer personnellement ce qui s'est passé, ou frapper une main contre les tranchées , amenant des prisonniers pour nous aider à élucider l'énigme. Le major et moi sommes arrivés à la conclusion que trois grenadiers déterminés peuvent faire ce dernier sans trop de bruit, et à l'entière satisfaction du commandement. J'ai tout de suite pensé à toi. Dites-moi honnêtement ce que vous en pensez. Bien sûr, je ne vais pas vous forcer et si l'un d'entre vous préfère rester, qu'il le dise clairement.

"Regardez-vous, mon lieutenant," répondit Rudi. Il sait que nous aimons ces petites corvées. Combien de Russes voulez-vous ? Est-ce que vingt vous suffisent ? Et j'en dirai plus : si vous m'y autorisez, j'irai seul.

Deux grosses mains tombèrent sur ses épaules, sur le point de le faire tomber au sol. Alf et Bert l'ont menacé avec leurs poings.

"Bien. Ne vous battez pas pour ça" dit le lieutenant en souriant. Vous irez tous les trois et j'espère que vous avez de la chance qu'elle vous ait servi de la "vodka". la planification définitive de certaines des opérations à l'étude dépend des déclarations de ces prisonniers, alors soyez très prudent, agile et prudent.

Il a déroulé un plan et a commencé à leur expliquer les détails du coup d'État. En général, il s'agissait de surprendre des sentinelles isolées le long d'une tranchée qui s'étendait devant les positions de la quatrième compagnie du deuxième bataillon et de les amener sans faire de bruit, ou de surprendre toute une escouade endormie dans leur hutte et de la forcer marcher entre les canons de ses « mitraillettes » en direction de ses propres lignes.

« Vous glisserez comme des chats, et à moins d'être sûr du succès, n'agissez pas. Je préfère revenir sain et sauf, les mains vides, que blessé ou battu avec un ou deux Russes. Vous prendrez du matériel léger et vous partirez en milieu d'après-midi vers les positions de première ligne. Le capitaine Schmidt vous attend.

" Qu'en pensez-vous ? " demanda Bert en partant. " C'est notre fameuse pause ?

"Eh bien" dit Alf. Je m'ennuyais déjà. En plus, la chose promet d'être amusante, non, Rudi ?

"Bien sûr. D'un autre côté, il s'agit juste de rater une nuit. Quelque chose comme quand autrefois on allait faire la fête avec des amis, ne revenant qu'à l'aube.

Après le déjeuner, ils ont passé en revue leur équipement. Ils nettoyèrent soigneusement sa "mitraillette", vérifièrent le tranchant de la machette et firent le plein de bombes à main.

« Tu comptes aller voir Katia ? demanda Bert à Rudi.

— Oui, mais je ne te dirai rien sur le travail de ce soir. Qu'est-ce que je retire de faire souffrir la pauvre fille ?

Au magasin du quartier-maître, ils ramassèrent une petite provision de froid qu'ils placèrent dans le petit sac latéral fixé à la ceinture. Il serait quatre heures trente lorsqu'un camion vint les chercher.

Le capitaine Schmidt leur a serré la main une fois qu'ils ont atteint la ligne de front.

"Je me doutais déjà que ce serait toi" dit-il. Conséquences de profiter de tant de gloire ! Venez dans ma cabane et nous prendrons un verre de cognac.

Une fois à l'intérieur de l'abri, il les a brièvement informés de l'état de la tranchée d'où ils sortiraient et par laquelle ils chercheraient à revenir.

Une heure passa. Il faisait noir. Le capitaine a appelé une liaison. Ils se sont serré la main.

"Bonne chance, les gars" vous a souhaité. Et jusqu'au retour. N'amenez pas toute une entreprise... On ne saurait pas où la mettre.

Le lien les mena à l'avant-poste. Le mouvement de nuit avait commencé. Des coups de feu ont retenti et des mitrailleuses occasionnelles ont cliqueté, tirant leurs balles traçantes. Ils ont rampé à travers le chemin ouvert dans le fil. Les positions étaient très proches et des précautions devaient être prises dès le départ. Ils ont continué à ramper comme des bêtes à l'affût dans le no man's land. Les yeux fixés droit devant eux, Rudi, Bert et Alf s'arrêtaient de temps en temps en retenant leur souffle pour mieux entendre. Les fusées s'élevaient dans les airs, diffusant leur clarté livide pendant quelques secondes, puis s'éteignaient dans un déclic. Ils firent un détour pour aligner la tranchée ennemie du côté qui, selon les informations de la compagnie, était le moins gardé. Arrivés devant les sacs de sable, ils s'arrêtèrent pour étudier le terrain.

"Nous avancerons de la manière suivante" dit Rudi à voix basse " : L'un du fond de la tranchée. Ce sera moi-même. Les deux autres au-dessus, Alf à droite et Bert à gauche. Surtout, ne ne les laissez pas crier ou tirer, ou lancer une fusée d'alarme. Si nous les attrapons endormis, nous pouvons en apporter au moins cinq ou six.

Ils redoublèrent de précautions. Bert a trébuché sur une boîte de conserve, maudit. Ils marchèrent cinquante mètres sans presque rien respirer. Le moindre oubli pourrait leur coûter la vie. La tranchée vers un virage. De l'autre côté, une ombre se détachait confuse sur la terre agitée. Rudi fit un signe. Ils planaient comme des chats. Rudi était à quelques mètres du Russe. Il entendit quelque chose et tourna la tête.

« Kotori téper tchasse ? demanda-t-il, pas du tout méfiant.

"Téper sefn" répondit Rudi d'une voix calme.

« Crains-moi loutchné.

Il attendait sans doute son soulagement. Le canon d'une « mitraillette » s'est enfoncé dans ses côtes, tandis que Rudi lui ordonnait, les dents serrées :

« Chut ou je vais te sécher !

Les yeux du Russe s'écarquillèrent de surprise. Deux autres « mitraillettes » ont été pointées sur lui au-dessus de la tranchée. Il était inutile de résister. Il a levé les bras et Rudi l'a dépouillé de ses armes.

« Prends soin de lui, Alf. Et attention à ne pas le laisser s'échapper.

Ils étaient sur le point de continuer lorsque des pas résonnèrent dans la tranchée. Deux hommes s'approchaient. Rudi, Alf et Bert s'étaient étendus sur le sol forçant le prisonnier à faire de même. C'était la relève et un sergent, inspectant sans doute les postes. Bert était sur le point de siffler. Rien de moins qu'un sergent ! Après quelques sacs de sable, Rudi a attendu que le couple sorte sur le parapet. Il a signalé et trois "mitraillettes" ont aligné les Russes, un d'en haut et deux des deux côtés de la tranchée, car Bert était tombé au fond de la tranchée pour les empêcher de fuir par le côté opposé. Les Russes n'ont pas résisté. C'était complètement inutile.

Le retrait a dû être entrepris, sans provoquer aucune alarme. Ils retournèrent par où ils étaient venus. La nuit a été remplie de rumeurs. Une patrouille ennemie passa à une courte distance. Ils ont attendu avec des nerfs tendus jusqu'à ce qu'il soit parti. Bert inspecta brièvement les environs. Ils sont sortis de la tranchée. Le retour était fatiguant à l'extrême d'avoir à ramper pour s'occuper des prisonniers. Dès qu'ils se furent un peu éloignés, Rudi dit à voix basse à ses deux camarades :

« Bonne chasse, hein ? Le major Braun va nous faire un joyeux câlin !

"Je n'ai jamais vu une chose plus facile dans ma vie", a déclaré Bert. C'était comme entrer dans un terrier et tirer trois lapins par les oreilles.

"Ce qui est bien, c'est que personne ne va le croire", a ajouté Alf. Il va falloir dramatiser un peu l'histoire. En quelques minutes, ils distinguèrent les barbelés. La sentinelle les arrêta et ils répondirent au mot de passe. Le capitaine Schmidt n'en croyait pas leurs yeux. Ils ont continué jusqu'à l'endroit où attendait le camion et vers minuit ils sont arrivés au poste de commandement avec les trois prisonniers. La surprise du major Braun fut immense. Ces garçons valaient leur pesant d'or. Je vous serre cordialement la main. Deux militaires armés de « mitrailleuses » conduisent les prisonniers au poste de commandement du régiment, où ils seront interrogés. Peu de temps après, Alf Bert et Rudi, allongés sur leurs nattes prêts à dormir paisiblement jusqu'à l'aube du nouveau jour.

RICHARD G. HOLE

CHAPITRE X

« J'ai demandé au lieutenant la permission d'aller à Krasnovardeisk et il me l'a donnée », a déclaré Rudi à ses amis ce matin-là, alors qu'ils quittaient tous les trois le logement.

"Wow, mec ! s'exclama Alf. Et... tu y vas seul ?

"Eh bien... j'aurais beaucoup aimé que tu viennes avec moi, mais une fois là-bas je serai bien occupé et...

Au fait, il y a une heure, j'ai vu Katia monter dans un camion. N'irait-il pas aussi à Krasnovardeisk ?

Qu'est-ce que je sais? Pensez-vous qu'il me tient au courant de tout ce qu'il fait?

Ils se sont postés à la pompe à essence située à la sortie de la ville, où s'arrêtaient la plupart des camions qui circulaient dans ce secteur. Bientôt un formidable "Henschel" avec une remorque est apparu. Rudi fit un signe. Le camion s'est arrêté pour faire le plein.

« Où allez-vous les gars ? Il a demandé aux chauffeurs.

« Nous atteindrons Krasnovardeisk et en milieu d'après-midi, nous serons de retour.

"Magnifique ! Je viens avec toi.

Il est monté dans le véhicule. D'autres soldats étaient déjà assis à l'intérieur. Il fit signe à ses deux amis alors que le camion démarrait.

« Au revoir !... Et amusez-vous bien ! Alf lui a crié dessus.

Rudi a serré les deux mains dans une moquerie méprisante. Il n'était pas facile de tromper ses amis. Le camion dévalait la route accidentée au milieu du bourdonnement monotone de son puissant moteur. Krasnovardeisk a disparu à l'horizon après une heure. C'était une ville immense et peuplée, où des divisions allemandes avaient installé les services du secteur. Des soldats, dont les uniformes gris se mêlaient aux haillons de la population civile, erraient toujours dans ses rues. Les cafés étaient toujours animés et dans certains restaurants, des repas étaient servis, bien qu'à des prix abordables uniquement pour ceux qui avaient beaucoup d'argent.

Katia l'attendait, comme prévu la veille, sur la place principale, devant l'église orthodoxe, avec ses coupoles byzantines dorées. Elle était très jolie dans sa robe neuve et son foulard, à la mode du pays. Elle lui sourit en montrant ses dents très blanches et s'avança vers lui les bras tendus. Ils marchaient lentement, profitant du spectacle de la ville. Ils entrèrent dans un ou deux magasins et Rudi lui présenta des bibelots qu'elle reçut au milieu d'exclamations de joie. Plus tard, ils sont allés manger dans un restaurant. Assis devant la nappe blanche, ils se regardèrent dans les yeux. Un serveur était attentionné. Le menu était simple, mais c'était un vrai régal, compte tenu des circonstances. Rudi s'autorisa à commander une bouteille de vin, qu'ils sirotèrent lentement. A travers les vitres, on voyait la foule aller et venir dans un courant ininterrompu. Après avoir mangé, ils sont allés au parc.

"Regardez quel bel étang ! s'exclama Katia.

Ils se sont approchés de l'eau entourée de verdure et se sont contemplés dans son reflet clair.

« Katia, sais-tu que tu es vraiment belle aujourd'hui ?

Les yeux de la jeune femme pétillaient de joie et elle serra le bras de Rudi, se rapprochant encore plus de lui. Ils changèrent longtemps en silence.

« Comme j'aimerais rester ici pour toujours... avec toi ! marmonna Rudi. Dans une ville comme celle-ci, où au moins on peut vivre et où la présence du front ne menace pas à chaque instant.

« N'espère pas trop, Rudi, toi et moi ne pouvons même pas penser à de telles choses. Ton destin est de te battre... et le mien de t'attendre.

"Peut-être un jour...!

« Oubliez que nous devons retourner à Novo-Skolki. Oublions que tu es un soldat et que je suis une fille russe. Profitons de ces moments et ne nous souvenons pas de demain.

"Oui. C'est peut-être pour le mieux" marmonna pensivement Rudi.

Ils sont restés dans le parc jusqu'au milieu de l'après-midi. Soudain, Rudi regarda sa montre. Il fallait se dépêcher si on voulait revenir dans le même camion. Katia le ferait un peu plus tard, avec les villageois avec qui elle était venue et qui faisaient quelques courses dans la ville. Ils s'embrassèrent passionnément.

« Au revoir, Katia. Si tu rentres tôt, on se verra encore un peu ce soir, non ?

— Je pense que oui, Rudi. Attends-moi près du pont. J'irai même si c'est juste pour te donner un autre baiser.

Rudi attendit au coin convenu que le camion passe. Celui-ci n'a pas tardé à apparaître.

« Comment allez-vous, grenadier ? Demanda l'un des chauffeurs.

"En ville, on passe toujours du bon temps", répondit Rudi en montant dans la cabane. L'inconvénient est qu'ils ne vous donnent pas la permission plus d'une journée...

Le camion est reparti. Le paysage plat et monotone passa lentement devant les yeux de Rudi, qui regardait fixement devant lui, ne voyant rien. Les kilomètres passaient les uns après les autres. Le camion lourd a continué à se déplacer en douceur et en douceur.

« Une cigarette ? », proposa le chauffeur.

Rudi a accepté et a commencé à l'allumer. Les bouffées de fumée remplissaient peu à peu la cabine. Rudi abaissa la vitre de quelques centimètres. Soudain, ses oreilles, dressées avec une vigilance constante, ont entendu un bruit qui ressortait au-dessus du bourdonnement du véhicule. Le chauffeur le regarda d'un air interrogateur.

« Quelque chose ne va pas ? » je demande.

Rudi acheva de baisser le verre et sortit la tête. Il n'y avait aucun doute à ce sujet. Un énorme bombardement avait lieu à une courte distance, peut-être en direction de Novo-Skolki. Alors qu'ils montaient une petite colline, le paysage s'étendait sous leurs yeux. Un épais nuage de fumée s'élevait au-dessus de l'horizon, couvrant une superficie considérable de terre. Inconsciemment, le conducteur a accéléré. Les explosions se succédèrent avec un énorme rugissement. On sentait le sol trembler malgré la distance. Ils ont avancé de quelques kilomètres. En pliant une courbe, ils ont perçu les flammes des projectiles de gros calibre.

"Ils n'auront pas laissé une maison debout", a déclaré le chauffeur. Attendons quelques minutes. Je ne veux pas exposer inutilement ma voiture.

Le bombardement dura encore quelques minutes. Puis les tirs se sont espacés, et enfin ça s'est arrêté. Un nuage de fumée dense était suspendu dans l'espace. L'odeur de la poudre à canon les atteignit. De nombreuses maisons brûlaient. Le véhicule s'est avancé vers la périphérie de la ville. Le spectacle était génial. Très peu de maisons sont restées indemnes, Rudi s'est enfui. Les gens fuyaient terrorisés dans toutes les directions. Des cadavres mutilés ont été vus gisant dans la rue. Une sirène d'alarme laissa échapper ses gémissements tragiques. Rudi marcha à travers les décombres vers la caserne. Alf et Bert l'ont rencontré. Leurs visages étaient noircis par la fumée. Toutes les composantes de la patrouille se préparaient à secourir le nombre de personnes couchées sous les maisons effondrées.

"L'autre jour n'était rien comparé à celui-ci" lui dit Bert, haletant.

Ils coururent tous les trois vers un endroit où résonnaient des lamentations et des cris. Les bûches fumantes ont dû être déblayées, les murs abattus, les créatures vivantes et les cadavres retirés des ruines. Pratiquement aucune autre maison n'avait été épargnée par les bombardements. La caserne a été sérieusement endommagée.

« Il me semble qu'ils vont évacuer la ville », dit Alf. C'est du moins ce que j'ai entendu le lieutenant dire.

La maison de Katia a été presque détruite. Seule une petite partie serait sauvée, celle où se trouvaient les locaux destinés à une taverne, et une partie de la maison de ses propriétaires. Rad : sentit son cœur se serrer. Le vieil Ivan regardait d'un air désolé la ruine de sa maison. Rudi lui tapota le dos, essayant de lui remonter le moral.

Le sauvetage s'est poursuivi jusque tard dans la nuit. Katia et Rudi ne s'en souvenaient plus, plus que de leur entretien. Le premier était arrivé deux heures après la fin du bombardement. Elle pleura inconsolablement sur les ruines et se consacra ensuite à déplacer et à soigner les blessés avec les autres femmes. Les bombardements de l'IS avaient également touché plusieurs villes voisines. La route était remplie de fugitifs qui se dirigeaient vers l'arrière avec les biens qu'ils avaient pu sauver de la catastrophe.

Cette nuit-là et alors qu'un calme relatif régnait sur la ville, le lieutenant rassembla ses hommes devant les ruines de la caserne.

"Rassemblez tout votre matériel" leur dit-il. J'ai été appelé en urgence au poste de commandement. Quand je reviendrai, ils devront être prêts à tout ce que le colonel ordonnera.

Et il est parti dans une voiture légère qui l'attendait à une courte distance. Les grenadiers s'occupaient de commander le matériel et de le nettoyer superficiellement. Heureusement, les armes et les munitions n'avaient pas été perdues.

— Je prévois des événements, murmura Rudi en regardant distraitement l'endroit où le lieutenant s'était égaré... Et pas bon, d'ailleurs.

CHAPITRE XI

« Entrez », dit le colonel Weiss, lorsque le lieutenant eut frappé à la porte des quartiers de son commandant de régiment.

Le lieutenant Wahrenfels se tenait au garde-à-vous, le colonel Weiss lui fit signe de s'asseoir. C'était un homme grand et trapu, aux cheveux presque coupés, qui était impeccablement vêtu d'un uniforme dans lequel se détachaient une multitude de décorations, dont certaines obtenues lors de la Première Guerre mondiale, lorsqu'avec le grade de lieutenant il servait dans un régiment qui opérait pour les terres de France. Il marcha silencieusement jusqu'à une table et y étala une énorme carte. Puis il se tourna vers Wahrenfels, s'assit en face de lui et lui offrit une cigarette.

"Nous devons parler", a-t-il dit. C'était un homme de peu de mots et d'une expression intelligente et abstraite ». Il n'est pas nécessaire que je détaille les préliminaires de l'affaire, puisque vous venez vous-même d'en subir les conséquences. En bref : les Russes ont remis en service le chemin de fer Leningrad-Sestrorjezc, que notre aviation avait réussi à détruire presque entièrement, et des trains de munitions et de matériel y circulent à nouveau. La grosse artillerie tire à nouveau sur nos positions. Cela indique la possibilité que l'ennemi se prépare à une action offensive, essayant de se libérer de l'encerclement ou de l'alléger autant que possible.

Il resta silencieux quelques minutes, tirant sur sa cigarette. Le lieutenant Wahrenfels écouta attentivement.

« Comme vous le savez, depuis Sestorjezc, sur les bords de la Ladoga, la communication s'établit avec le reste du pays non encore maîtrisé par nos armes. Le danger que cela implique pour notre sécurité future est évident. Si des armes et des fournitures commencent à affluer dans la ville, Leningrad pourrait se trouver en mesure de tenter une opération de grande envergure que nous ne pouvons en aucun cas permettre. Tout le problème réside donc dans l'élimination de ce chemin de fer, mais d'une manière efficace et complète, sans laisser à l'ennemi la possibilité de le reconstruire jusqu'à ce que les basses températures de l'hiver rendent l'entreprise impossible.

Le lieutenant Wahrenfels s'adossa à sa chaise. Il commençait à aimer la perspective.

« Les attaques aériennes », poursuit le colonel, « sont toujours un peu imprécises. Cette fois, nous ne pouvons rien laisser au hasard. Lors d'une conférence tenue ce matin avec l'état-major divisionnaire, nous avons convenu que le plus efficace était d'envoyer une patrouille qui, sauf autant d'obstacles que possible, atteint la voie ferrée et place des explosifs puissants à divers endroits dessus, couvrant autant d'extension que possible. . Il ne m'est pas caché que la tâche est fatigante et risquée, mais votre patrouille peut le faire, Lieutenant Nous pensons qu'elle est la seule habilitée à le faire. L'élection est un honneur pour vous.

Le colonel se dirigea vers la table et fit signe au lieutenant Wahrenfels de s'approcher. L'immense carte du secteur s'étendait du golfe de Finlande au lac Ladoga et montrait en détail l'étroite bande de terre sur laquelle se trouve la ville. Il prit une règle et continua :

« Faites attention, lieutenant. Notre projet est le suivant. Si vous avez des questions, veuillez les clarifier. Comme vous pouvez le voir, la première ligne vient de Pertehof et en passant par Pouchkine, continue jusqu'à Schlüsselburg. La quatrième compagnie du deuxième bataillon est justement là », a-t-il indiqué avec le souverain une place dans l'avion, près de Pchira. Par cette position, vous ferez votre sortie. Le retour... je vous en laisse le soin. Ils porteront une mitraillette avec les munitions correspondantes, des « mitraillettes », des bombes manuelles à la mangue et aux œufs, une houe et des fournitures sous forme concentrée pendant quatre ou cinq jours. Ne vous exposez pas imprudemment. Calculez tous vos coups avec précision. Agir de préférence la nuit. Cachez-vous pendant la journée et essayez de vous reposer. N'oubliez pas les fusées d'alarme au cas où vous en auriez besoin à votre retour. Préparez-vous bien toute la journée de demain. A huit heures la nuit, un camion les conduira au front. Ne perdez pas de vue l'immense importance de votre tâche et gardez à l'esprit que toute la division suivra son développement avec la confiance la plus absolue placée en vous.

Ils s'étaient tous les deux levés, le lieutenant Wahrenfels répondit :

« Je vous suis reconnaissant en mon nom et en celui de mon groupe de la confiance à laquelle vous venez de faire allusion et soyez assurés que nous saurons en faire créanciers.

Il se redressa avec raideur et le colonel lui serra la main.

« Bonne chance, lieutenant. Tout est clair ?

« Parfaitement, mon colonel, vous nous avez expliqué le problème en termes généraux. Laissez nos détails de compte.

Il sourit et, se retournant, quitta la pièce. La même voiture qui l'avait ramené le ramena à Novo-Litka à travers la plaine vallonnée où les arbres dressaient leurs branches nues vers le ciel. Mais le lieutenant ne perdit pas de temps à contempler le panorama. Son cerveau avait fonctionné sans relâche depuis le moment où le colonel l'avait envoyé chercher.

La mission qui venait de lui être confiée était pour lui une énorme responsabilité. Un échec signifiait l'intensification des défenses russes, et l'hiver, déjà proche, cachait de sombres et vagues menaces. L'opération devra être préparée avec un soin extraordinaire, ne laissant rien au hasard.

En direction du front, on entendait le tonnerre de l'artillerie écrasant les défenses ennemies. Le conducteur a pointé vers la gauche sans ralentir la voiture. Plusieurs escadrons d'avions volaient en formation. Le lieutenant Wahrenfels regardait avec ses jumeaux de campagne. Il s'agissait de bombardiers "Ju 87" accompagnés d'une forte escorte de "Messerchmidts 109" très rapides et puissants.

"Il semble qu'ils se dirigent vers la ville", a déclaré le conducteur.

"En effet. Le front s'anime, hein, mon garçon? Il était temps après tant de mois de guerre de position. Cela ennuie tout le monde.

— Vous n'avez jamais le temps de vous ennuyer, mon lieutenant. Parfois, ça me donne envie de laisser tomber cette foutue voiture et de demander à rejoindre une patrouille de reconnaissance, comme la vôtre.

« Conduire une voiture a aussi son mérite, mon ami. Surtout dans certaines circonstances particulières... Et il me semble que celles-ci vont se présenter très bientôt pour vous.

Les ruines de la ville se dessinaient déjà sur la route. Ils sont entrés dans la rue principale, sans débris, mais toujours au travail, déblayant les ruines et déblayant le sol. La voiture s'est arrêtée à ce qui avait été les quartiers de la patrouille. Toutes sortes de fournitures étaient entassées devant la porte.

"Eh bien, mon garçon", dit le lieutenant au chauffeur, nous sommes arrivés. Au revoir... et si possible à Leningrad.

Le chauffeur salua. Sa voiture a pris un virage serré et est repartie dans la direction d'où elle venait.

Les grenadiers avaient conditionné au mieux ce qui restait des lieux. Des sacs étaient accrochés devant les fenêtres et les murs avaient été calés. Le "feldwebel" est venu donner la nouvelle, à son lieutenant.

« Tout le monde est prêt pour une opération. Je passerai en revue la première chose dans la matinée. Ils passeront la journée à se préparer. L'armement doit être graissé, les munitions préparées et les détonateurs des bombes vérifiés. Occupez-vous de tout cela et chargez le caporal Schäfer de s'occuper du ravitaillement. Rations concentrées pendant cinq jours. Que personne n'oublie son " ranch de fer ". Nous partirons pour des postes à huit heures. Aucune distraction ou distraction.

Le feldwebel salua. C'était sérieux cette fois. A en juger par l'attitude du patron, c'était une tâche majeure. Il fit dresser les hommes et communiqua l'ordre reçu.

"Je voulais déjà quitter cette foutue ville" commenta Bert gaiement.

« C'est notre truc ! "Alf ajouté." Rien pour attraper les Russes comme des lapins, mais pour agresser avec énergie, courage et détermination. Cette fois, ils découvriront qui est Alf Voss ! Ra, ta, ta, ta! Il l'a fait, brandissant une « mitraillette » imaginaire.

"Le festival va commencer", a-t-il déclaré. Rudy ». Et nous serons en charge de préparer le feu d'artifice par lequel il commence. Cette fois, nous allons nous amuser, je vous assure.

Et il serra sa ceinture, sentant le pistolet qui y pendait.

CHAPITRE XII

Aux premières lueurs du matin, le groupe s'est formé dans la rue. Le feldwebel Engerling, avec son visage brun, le caporal Schäfer, silencieux et calme, les deux serviteurs de la mitrailleuse, Rudi, Alf et Bert et les quatre autres grenadiers, tous rigides et fermes, avec leurs bottes cirées, leurs casques propres et le regard pénétrant et énergique fixé sur son patron. Le lieutenant Wahrenfels leur a donné un examen approfondi, n'épargnant même pas les boutons des guerriers, puis a expliqué la portée et le but du raid. Les grenadiers écoutaient avec la plus grande attention.

« Nous devrons être rusés comme des renards. Pas d'imprudence ni de risques inutiles. Coordination parfaite et beaucoup de discipline. Une action personnelle ne sera conseillée qu'en cas de problème réel. Je fais confiance à votre intelligence et à votre décision. Le Haut Commandement et toute la Division nous ont les yeux rivés... Je ne vous en dis pas plus. Que tout le monde soit là à sept heures trente, prêt à partir.

* * *

À trois heures de l'après-midi, le caporal Schäfer est apparu avec deux soldats chargés de sacs, procédant à la distribution de l'approvisionnement en froid. Chaque grenadier a reçu un pain en conserve, plusieurs boîtes de conserves concentrées, du beurre qu'ils ont placé dans une boîte en plastique à cet effet, des bonbons vitaminés et une bouteille de "vodka" à fermeture à pression. Les cantines étaient remplies de thé fort. Le sac latéral était plein. Si possible, d'autres aliments devraient être achetés en territoire ennemi. Cela constituait la réserve indispensable pour les quatre ou cinq jours que dura le raid.

Tout le monde s'occupait des préparatifs et à quatre heures de l'après-midi, ils pouvaient être considérés comme terminés. Les équipes étaient empilées dans un ordre parfait. Le caporal Schäfer venait de remonter sa mitraillette, qu'il avait nettoyée et retravaillée pièce par pièce, et avait procédé à l'application de poudres de soufre sur le galet d'entraînement. Rudy s'approcha de lui.

« Je vais aller à la taverne du vieil Ivan, dit-il. Si le feldwebel me demande, dis-lui que je m'absente quelques minutes.

"Regarde, Rudi, ne fais pas de blagues" résigne le caporal mécontent.

« Cela ne me prendra pas deux minutes. Il s'agit juste d'échanger quelques mots avec...

« Oui, avec ta blonde, je le savais déjà. Nous irons. Mais s'ils posent des questions sur vous, je ne sais rien. Je n'ai pas envie de gagner un paquet à cause d'un homme aussi têtu. Bah ! Ces femmes...! Il grogna avec dédain.

Rudi regarda à gauche et à droite. Alf et Bert l'observaient. Ils s'attendaient à ce que l'événement se produise depuis un certain temps. Ils lui firent signe de la main, lui faisant signe de se dépêcher, lui faisant un clin d'œil. Il pouvait leur faire confiance. Ils étaient les meilleurs camarades du monde.

Katia était à l'intérieur de la maison délabrée, réparant autant que possible quelques dégâts qui la rendraient à nouveau habitable. Le vieil Ivan clouait des planches. Profitant d'un moment où il tournait le dos, il fit un signe à la jeune femme, et elle sortit dans la rue.

« Il faut que je te parle » dit le grenadier.

"Pas maintenant. N'as-tu pas vu le travail qui nous attend? Si nous perdons du temps, nous aurons un hiver terrible. Les ouvertures doivent être couvertes pour que l'air n'y pénètre pas.

« Il faut parler » répéta Rudi, inflexible.

"Bien. Tout ce que vous voulez. Mais pas pour longtemps. Mon père sera en colère.

Ils marchèrent le long de la route jusqu'à la sortie de la ville. Une fois près de l'épicéa, Rudi s'arrêta, la prit par les bras et la regarda longuement en silence.

« Qu'est-ce qui ne va pas chez toi, Rudi ? Vous repartez ?

Oui, Katia. Mais maintenant, nous allons rester à l'écart pendant quelques jours... ou peut-être des semaines. Tout dépend de la façon dont les choses nous sont données.

« Oh Rudi ! s'exclama-t-elle en pressant son visage contre son torse.

Rudi le secoua fermement.

« Cette fois, je ne les ai pas tous avec moi. De plus, j'ai entendu dire qu'ils prévoyaient d'évacuer la ville. Ce n'est donc pas facile pour nous de revenir ici pour nous reposer.

"Je le savais. Mon père et moi avons décidé de déménager à Krasnovardeisk, avec des proches, au cas où l'ordonnance deviendrait effective.

« Notre retour ici est douteux. Quoi qu'il en soit à mon retour... s'il ne m'arrive rien, je demanderai la permission et j'irai vous voir à Krasnovardeisk. N'oubliez pas de me donner les adresses de vos proches.

Katia frissonna.

"J'ai un pressentiment. Il me semble que cette séparation est définitive pour nous deux.

Rudi éclata de rire, de force.

« Vous savez déjà que ma patrouille est la patrouille chanceuse. On revient toujours, Katia, et cette fois il n'y a aucune raison de supposer le contraire. Mon seul regret est de devoir passer quelques jours sans vous voir. A notre retour, nous nous retrouverons dans la ville. On ira manger au resto et on se baladera dans le parc comme ce jour là... tu te souviens ? Ce sera encore mieux qu'ici.

Katia pleurait en silence.

« Allez, Katia. Ne sois pas stupide. Cette ville est déjà inhabitable. Tu dois déménager dans un endroit plus sûr. De plus, dans la ville, tu seras toujours plus amusant, tu ne penses pas ?

« Plus de fun ? Sans toi ? Oh Rudi ! Ne dis pas de bêtises » et elle redoubla de sanglots.

Rudi leva son visage trempé de larmes et l'embrassa longuement.

« Je dois y aller, Katia. Il y a des ordres sévères et je ne veux pas compromettre mes amis.

Elle se serra davantage contre son corps.

"Non, Rudi, non ! N'y va pas. S'il t'arrivait quelque chose, je mourrais. Tu peux en être sûr.

"Rien de ça. Dans quelques jours, nous serons à nouveau ensemble. Allez, ne pleure plus. Fais-moi un bisou et... "auf wieder sehen."

Ils marchèrent jusqu'à l'entrée de la ville en se tenant par la taille. Katia se tourna vers le grenadier.

"'Auf wieder sehen'", a-t-il déclaré en allemand. Et il courut chez lui sans tourner la tête. Rudi resta absorbé quelques instants puis repartit vers la caserne, non sans avoir pris au préalable quelques précautions.

L'heure du départ approchait. Quelques soldats appartenant à d'autres unités étaient venus dire au revoir aux grenadiers et devant la porte du logement régnait une animation inhabituelle.

La nuit approchait. Un motard de liaison a traversé la rue en se dirigeant vers le front. Peu de temps après, plusieurs camions sont apparus à l'autre bout de la ville, et pendant que les véhicules faisaient le plein d'essence, les militaires qui y circulaient sont descendus pour se dégourdir un peu les jambes. Rudi pensait avec dégoût aux compliments que Katia entendrait pendant son absence. Il serra les dents.

A sept heures trente précises, le lieutenant Wahrenfels parut. Il avait remplacé son casque par son chapeau et portait une tenue de campagne complète. Pistolet à la ceinture, munitions en abondance, jumelles, gourde et sac à provisions. L'étoile argentée à quatre branches brillait sur ses épaulettes. Les grenadiers se formèrent rapidement et une voix du « feldwebel » se tint au garde-à-vous.

« Tout est en ordre ? demanda le lieutenant.

"Tout est en ordre" répondit brièvement le "feldwebel".

Le lieutenant a donné au groupe un aperçu. Le camion attendait à proximité. Il fit un signe et la patrouille se tourna vers lui. Le feldwebel, le caporal et les neuf grenadiers grimpèrent les uns après les autres, plaçant leurs charges explosives en lieu sûr. Le lieutenant prit place dans la cabine à côté du chauffeur.

« Allez-y ! » crie.

Le véhicule a démarré avec le tonnerre bruyant de son puissant moteur. Sous la bâche, Rudi scrutait la route. A la sortie de la ville, une silhouette féminine, presque cachée parmi les arbres, restait immobile, regardant passer le camion. Rudi lui envoya un baiser de la main, et elle répondit de la même manière en marmonnant :

« Au revoir, Rudi...! À bientôt !

Le camion a accéléré. La silhouette devint plus petite jusqu'à ce qu'elle disparaisse dans l'ombre. Rudi a allumé une cigarette, m'a tendu les jambes et s'est installé le plus confortablement possible pour le court trajet.

CHAPITRE XIII

Le passage des lignes ennemies s'est effectué au milieu d'une obscurité presque absolue et sans difficultés. Les douze hommes glissèrent comme des ombres fantomatiques sur les sacs de sable, l'un après l'autre, sans un bruit, regardant droit devant eux. Le lieutenant marcha en tête et couvrit l'arrière, le "feldwebel" avec le pistolet mitrailleur armé. Les autres avaient mis leurs chargeurs en place au moment où ils quittaient leurs propres tranchées et portaient une pompe à main avec la corde libre afin qu'elle puisse être utilisée le plus rapidement possible, à tout moment.

Personne ne cachait que le risque de l'opération était énorme et la responsabilité très grande. Cependant, ils étaient déjà habitués à la tâche et agissaient avec un sang-froid extraordinaire, sans perdre leurs nerfs ni s'inquiéter inutilement.

Les tranchées russes de première ligne étaient abandonnées. Les précautions redoublèrent. Certaines tranchées secondaires devaient être dégagées et elles risquaient à tout moment de se heurter à une patrouille ou de heurter subitement le poste de commandement d'une compagnie, d'un dépôt de ravitaillement ou d'un entrepôt de quartier-maître, dont les sentinelles surveillaient la nuit, attentives à chacun. les rumeurs.

Le lieutenant Wahrenfels portait dans le portefeuille transparent qui pendait à sa taille, une carte très détaillée du secteur, dans laquelle les endroits possibles où la surveillance était spéciale avaient été marqués au crayon rouge, selon les données fournies par les prisonniers capturés quelques jours plus tôt . Il fallait faire de longs détours et ne jamais perdre le sens de l'orientation. De temps en temps, à son geste, ils s'arrêtaient tous, puis, sortant la petite boussole lumineuse de précision de la poche supérieure de son guerrier, il se mit à la consulter attentivement.

Lui, ainsi que le feldwebel et le caporal, avaient suspendu à leur harnais une lanterne de forme carrée, avec un appareil au moyen duquel la couleur de la lumière se changeait facilement, et qui, dans certaines circonstances, pouvait rendre de précieux services.

Ils ont continué leur marche en vous traînant. Certaines rumeurs ont retenti. Au loin, on pouvait distinguer la lueur terne de certains phares de véhicules sur les routes proches de l'avant. La ville de Leningrad était à sa gauche. En face, ils avaient Kolpino, avec ses usines démantelées par les bombardements, et plus loin, à droite, Tosna, un noyau important, sur l'autoroute Léningrad-Novgorod.

Bert, Alf et Rudi marchaient l'un derrière l'autre, les sens aiguisés et le doigt sur la détente de leur arme. Certaines roquettes se sont envolées dans les airs, illuminant brièvement les environs. Les grenadiers restèrent immobiles, attendant que la lueur s'éteigne, puis continuèrent leur marche lente et lasse. À l'horizon, des mitrailleuses antiaériennes ont tiré vers le ciel leurs traînées de balles traçantes. L'artillerie a tiré sur l'arrière russe, à la recherche des batteries nouvellement installées, qui ne montraient aucun signe de vie. Au-dessus des nuages, on entendait le bruit des avions qui volaient très haut.

Soudain, le lieutenant s'arrêta, restant complètement immobile, collé au sol. Les autres ont emboîté le pas.

« Que va-t-il se passer ? marmonna Bert.

"Nous le saurons tout de suite," répondit Alf. Quand le lieutenant s'arrête, c'est parce qu'il a vu quelque chose d'important.

Un groupe de trois Russes avançait dans l'obscurité. Ses bottes faisaient un bruit sourd sur le sol dur.

« Silence » murmura le lieutenant.

Les Russes étaient déjà très proches. Ils avançaient le long d'un sentier qui courait à quelques mètres de l'endroit où se trouvaient les hommes de la patrouille. L'un d'eux s'arrêta brusquement et écouta. Sans aucun doute, il avait senti quelque chose de suspect. Rudi était à très courte distance de lui. A sa droite s'élevait une sorte de hangar. Il se leva lentement, caché contre l'un des murs. Ses camarades le regardaient abasourdis. Qu'allait faire ce fou ? Ils ont tous mis la main droite sur la poignée de la machette. Nul doute que le Russe avait remarqué la présence d'êtres humains près du hangar. Les moments étaient de tension insoutenable. Se jeter sur le Russe et ses deux compagnons équivalait à provoquer un combat capable de les découvrir en quelques secondes si seulement un autre soldat se trouvait à proximité. Cependant, il n'y avait pas le choix.

Pojalui poidiate doïde.

Le Russe s'arrêta. Il respirait fort.

"Vozmiome zontik" répondit-il en riant. Dobraï notchi.

Et il s'éloigna avec ses deux compagnons. Le lieutenant poussa un profond soupir de soulagement, que les autres suivirent. Lorsqu'ils furent loin de l'endroit dangereux, il tarda de quelques mètres pour serrer la main de Rudi.

« Bon travail, mon garçon » lui dit-il brièvement, retournant à la tête de la colonne.

Ils avaient atteint une route en très mauvais état, qui se perdait au loin, engloutie par l'obscurité. Au loin, des lumières brillaient de quelques casernes. Le lieutenant leur a ordonné de continuer le long du rivage, en s'éloignant du fossé sur une dizaine de mètres. Cette route menait à la route principale, qui se dirigeait vers le nord en direction du chemin de fer.

« Nous sommes sur la bonne voie », dit-il enfin. Si nous ne trébuchons pas, nous atteindrons notre objectif demain.

« Nous devons traverser un pont sur la Neva, mon lieutenant. Ce sera l'un des moments les plus dangereux, car il ne fait aucun doute que les Russes auront des sentinelles postées à l'entrée et à la sortie de celui-ci.

"Nous verrons comment nous pouvons le résoudre. Il est préférable de toujours agir en fonction des circonstances conseillées. Les plans conçus à l'avance ne sont d'aucune utilité.

La patrouille marchait avec un peu plus de soulagement. Le terrain plat facilitait la marche, et il s'agissait de garder les yeux ouverts pour ne pas être surpris par l'approche d'un véhicule ou d'une patrouille sur la route. Le "feldwebel" tournait constamment, remplissant sa mission de protéger l'arrière.

Les bruits du front étaient abandonnés et un grand calme enveloppait l'atmosphère. Pourtant, derrière cet apparent sentiment de soulagement se cachait le danger toujours constant d'être découvert par une sentinelle imprévue. Devant ses yeux apparut un petit groupe d'"isbas", situés de part et d'autre de la route. Le lieutenant consulta sa carte.

« Loditzi » murmura-t-il.

Ils firent un détour pour éviter les maisons. Dans l'un d'eux, un groupe de Russes chantait fort. Plusieurs camions étaient visibles devant la porte. Alors que les grenadiers étaient déjà à quelques mètres, un des camions a démarré. Les phares s'allumèrent soudain et un rayon de lumière jaunâtre passa devant le lieutenant, qui eut juste le temps de se baisser avant d'être découvert. Une voix a durement réprimandé le conducteur téméraire, qui s'est empressé d'éteindre les phares et de les remplacer par des phares de sécurité, qui n'éclairaient le sol qu'à quelques mètres du moteur.

— La bêtise de cet individu nous a presque coûté cher, marmonna le lieutenant Wahrenfels.

"Mais ça m'a donné une idée" ajouta Rudi en se rapprochant. Pourquoi ne pas en sortir un de ces camions et ainsi continuer un peu plus reposés ?

Le lieutenant réfléchit un instant.

" Magnifique ! " s'exclama-t-il enfin. " Mais avant d'aller inspecter ce qui se passe dans la maison.

Un des grenadiers s'approcha prudemment. En cinq minutes, il était de retour.

"La plupart d'entre eux sont ivres et plusieurs dorment par terre", a-t-il déclaré.

Le groupe s'est approché des véhicules, et tandis que deux grenadiers ont pointé leurs « mitraillettes » vers la porte, les autres sont entrés dans l'un d'eux. Bert a pris le volant.

« Prêts ? » Ceux postés devant la maison sont arrivés en dernier.

Le camion a démarré d'un coup. A l'intérieur de l'isba, le tumulte continuait.

« Mieux vaut rattraper le camion qui précède. Partout où ils passeront, nous passerons », a déclaré le lieutenant.

Bert a appuyé sur le gaz. Peu de temps après, une lumière rouge est apparue devant lui.

"Restez près de lui", a déclaré Wahrenfels. Et le véhicule a suivi les traces de son prédécesseur, dont le conducteur ne semblait toujours pas à l'abri des vapeurs de l'alcool ingéré peu de temps auparavant.

CHAPITRE XIV

« Il est très peu jusqu'à l'aube », dit le lieutenant. Si nous arrivions au pont assez tôt, nous pourrions peut-être faire traverser le camion mieux qu'à pied.

"Ceux là-bas" répondit Bert en pointant du menton en avant "sont convaincus que nous sommes ses compagnons qui ont décidé à la dernière minute de quitter l'"isba" et de continuer la marche.

« Faisons confiance à nos bonnes étoiles », dit le lieutenant.

La puissante Neva, une rivière qui traverse la ville de Leningrad de part en part, se jetant dans le golfe de Finlande, n'était plus très loin. Le franchir était la première étape de l'opération. D'un autre côté, il serait plus facile à opérer, car il y a moins de précautions militaires en raison de la distance considérable de la ligne de front.

La marche a duré une heure. La fraîcheur du puissant courant d'eau était perceptible dans l'air.

« Le pont ! s'exclama soudain Bert en désignant une ombre confuse qui s'élevait devant eux.

Le chef de patrouille a levé le rideau arrière et a averti les garçons :

« Tout le monde calme et silencieux, comme si vous dormiez. Rudi, va dans la cabine.

Le véhicule a ralenti un instant et Rudi s'est assis du côté droit de la fenêtre. Ils sont restés collés au camion avant. A l'entrée du pont une voix s'écria :

"Stoi !.

Le premier véhicule a ralenti et son conducteur a passé la tête par la fenêtre.

« Nous revenons du transport de munitions vers le front », dit-il à la sentinelle. Certains camions ont passé la nuit à Loditzi.

Rudi, qui avait ôté son casque, baissa la vitre et ajouta :

« Allez ! Dépêchez-vous, nous avons hâte de rentrer !

"Bien. Allez-y" dit le Russe.

Et les deux camions le dépassèrent, lentement. Rudi eut encore une seconde pour dire à la sentinelle en levant à nouveau le verre :

« Dobroi notchi, tovarich.

Le lieutenant sourit en murmurant :

"La chose se passe. Vient maintenant une région très plate et dépeuplée. Nous continuerons dans le véhicule jusqu'à ce que le jour approche, puis nous le laisserons quelque part qui n'éveille pas les soupçons.

« Quel dommage ! » s'est exclamé Rudi. L'aube était proche. Alors qu'ils atteignaient un virage de la route, ils virent un village.

« Si celui d'en face continue, nous resterons à la sortie. De cette façon, ils penseront que nous nous sommes arrêtés pour nous reposer un peu.

Ils l'ont fait, laissant le véhicule séparé entre deux maisons. Ils sortirent avec la plus grande furtivité et se perdirent dans les ombres encore très denses de la nuit.

Le chemin de fer était maintenant proche. Dès que la lumière du matin rendait impossible la marche à découvert, ils cherchaient un refuge pour prendre un repos bien mérité. A proximité, ils virent des masures abandonnées, devant lesquelles s'étalaient de gros tas de paille noircie. Ils allèrent vers eux et se cachèrent le mieux possible entre la paille et les murs sordides. Le lieutenant appelait son « feldwebel ».

« Distribuez les gardes et laissez tout le monde dormir.

Ils se sont regroupés en occupant le plus petit espace possible et le premier fournisseur se tenait en sentinelle, observant les environs avec prudence. Ils seraient relevés toutes les heures. Les autres essayèrent de s'installer dans la paille. Ils ont déterré leurs provisions et ont mangé une bouchée. Puis chacun s'allongea dans la position la plus confortable.

A midi, un grand bruit les réveilla. Le lieutenant resta légèrement alarmé. Tout le monde regardait la route. À environ cinq kilomètres de là, une caravane de camions venait de s'arrêter et ses occupants se dispersaient rapidement à travers le champ. Une escouade de "Messerchmidts" a attaqué les camions avec leurs mitrailleuses.

« Personne ne bouge de chez vous ! » ordonna le lieutenant, au milieu du vacarme produit par le cliquetis des machines et le ronronnement des moteurs.

Les avions firent plusieurs passes, rapides comme l'éclair, crachant du feu et abattant tout sur leur passage. Les occupants des camions ont pris la fuite, terrorisés. Certains d'entre eux se réfugièrent dans des trous situés à peu de distance de la place occupée par les grenadiers. Ils regardaient avec enthousiasme le travail des leurs, mais sans perdre de vue les Russes, sur lesquels ils pointaient leurs armes.

"Tant qu'ils ne pensent pas à mitrailler les maisons, croyant qu'il y a des troupes dedans", a déclaré Bert.

"Nous ferions une bonne affaire," déclara Alf en regardant en l'air.

Les avions s'éloignèrent enfin, se perdant à l'horizon.

« Ces maladroits nous ont presque tués », dit le caporal en observant les traînées produites par les balles à très courte distance de son abri.

Les camions russes repartaient. Deux d'entre eux ont été laissés sur la route et un bon nombre de blessés ont été récupérés et transportés dans l'un des véhicules.

"Il semble qu'ils aient eu un but" commenta le lieutenant.

« Tout ce que vous voulez. Mais pouvez-vous imaginer le résultat d'une bonne charge de dynamite placée en plein milieu de la formation ? », a demandé Rudi, ne voulant pas admettre l'efficacité de cette procédure.

A partir de ce moment, plus personne ne dormit. Il a été mangé brièvement et le lieutenant Wahrenfels a donné quelques instructions, car le placement de la première charge aurait lieu cette nuit-là.

Ils sont partis au crépuscule. Le chemin de fer était à peine à deux kilomètres. Ils sont venus en rampant sur le terrain accidenté. La pente montait sombre et menaçante. Les trains circulaient largement espacés.

Le caporal monta sur sa mitraillette, et les deux domestiques prirent position de chaque côté, caisses prêtes. Deux grenadiers avançaient avec des charges explosives munies de fusées à retardement. Son fonctionnement avait été calculé pour deux heures plus tard, laissant le temps aux autres de se placer. Tous trois exploseraient à peu près au même moment, détruisant plusieurs kilomètres de voie, si complètement que leur réparation serait presque impossible dans le court laps de temps qui restait pour le début de l'hiver.

Les charges étaient parfaitement cachées avec des pierres et de la terre. La patrouille suivait la piste, marchant des deux côtés, alerte et l'œil perçant. La deuxième charge a été placée. La route a courbé à cet endroit. Ils étaient sur le point de placer le troisième quand le lieutenant arrêta ses garçons. Un pont de fer était visible au loin. Le lieutenant le regarda avec des yeux pétillants.

" Grand ! " Commandé. " Nous réserverons les troisième et quatrième charges pour quelque chose de mieux. Vous voyez le pont ? Si nous le coulons, les possibilités de circulation de cette manière seront complètement éliminées dans plusieurs mois.

Mais vous devez vous dépêcher, mon lieutenant. Les deux autres charges fonctionnent déjà » a indiqué le « feldwebel-bel »« . Nous ne pouvons pas perdre une seconde, et il y a très probablement des sentinelles à l'entrée et à la sortie.

« Et pourquoi sommes-nous ici ? dit Rudi en se désignant lui-même et ses deux compagnons.

« Allez-y, les gars », a ordonné le lieutenant.

Rudi, Alf et Bert rampaient comme des reptiles, brandissant leurs machettes. La première sentinelle se distinguait parfaitement, enveloppée dans son manteau. Les trois grenadiers descendirent la pente jusqu'à presque toucher le bord de l'eau. La masse d'acier dominait au-dessus de leurs têtes dans son cadre alambiqué. Ils grimpèrent le long des poutres métalliques. Le bruit de l'eau élimina ses pas. La première sentinelle tomba d'un coup de machette précis. Le second eut un moment d'alarme, mais avant qu'il ne puisse crier, une main lui saisit la gorge et Bert l'abattit avec sa houe. Ils sont revenus pour informer le reste de la patrouille que la route était libre.

Quatre grenadiers procèdent au placement des charges sur les points faibles du pont, tandis que les autres montent la garde. La tâche a pris plus de temps que prévu en raison de la difficulté à mener à bien, en raison de l'obscurité ambiante. Le lieutenant consulta sa montre. Ce n'était que peu de temps avant que les première et deuxième charges n'explosent. Et avant que cela n'arrive, elle avait besoin d'avoir les autres en place et de s'éloigner suffisamment pour être en sécurité. Les garçons travaillaient fébrilement, fixant les bâtons de dynamite avec du fil. Soudain, le feldwebel se raidit, écouta attentivement et, accroupi, colla une oreille à la rambarde.

« Un train arrive ! » annonça-t-il, incapable de contenir une légère nervosité.

« Il faut se dépêcher ! ordonna le lieutenant.

CHAPITRE XV

Enfin les grenadiers revinrent les uns après les autres. Les charges ont été fixées, presque à zéro. L'heure de l'explosion approchait.

« A la course ! », ordonna le chef de patrouille.

Ils dévalèrent la pente, manquant les rochers et enfonçant leurs bottes dans la boue, qui éclaboussait autour d'eux, leur éclaboussant le visage.

Le train approchait. Ils ont couru plus d'un kilomètre. Enfin, sur un signal du lieutenant, ils tombèrent à terre en haletant. Ils se retranchèrent derrière une éminence du sol et attendirent avec des nerfs au bord de l'explosion. Il s'écoula quelques minutes avant que les charges n'explosent. Le convoi était composé d'un bon nombre de wagons.

« Et s'ils avaient des munitions, mon lieutenant ? "Demanda Rudi." Quel feu d'artifice !

« Dans ce cas, notre tâche serait terminée. Mais aurons-nous autant de chance ?

"Dans très peu de temps, nous le saurons", a déclaré le "feldwebel". Si seulement les charges n'échouaient pas !

Le silence était complet. La locomotive avait déjà dépassé le site de la première mine et était très proche de la seconde. Il est également passé dessus. Il allait entrer sur le pont. La fumée noire de sa cheminée se détachait sur l'obscurité du ciel. Soudain, une horrible détonation secoua l'atmosphère. Une fusée fulgurante a tout illuminé. Des morceaux de rail et d'énormes rochers ont été dispersés dans les airs dans un nuage de fumée très noire, et alors qu'ils commençaient à claquer au sol, la deuxième mine a explosé, attrapant carrément le dernier des wagons. Au même instant, la locomotive se cabra comme soulevée par une main gigantesque, tourna sur elle-même et s'écroula sur le flanc dans un rugissement indescriptible, tandis que le pont s'enfonçait, ses supports brisés par la dynamite, entre un amas de poutres tordues et de ciment, entre craquements accablants. L'un des wagons avant a volé avec un crash sourd, contribuant à la destruction totale. Le travail pourrait être considéré comme parfait. Le lieutenant et ses garçons regardaient le spectacle les poings fermés et les yeux flamboyants.

De grandes flammes se sont élevées sur les lieux de l'accident. Les voitures ont brûlé avec une odeur âcre.

"Ne perdons pas de temps", a déclaré le chef de la patrouille. Tu dois sortir d'ici le plus vite possible. Voulez-vous que nous soyons surpris en contemplant notre propre exploit ?

Le groupe s'est mobilisé. Il fallait s'éloigner à marches forcées pour éviter d'être rattrapé par les Russes. Certains projecteurs avaient commencé à s'allumer et il y avait le rugissement lointain des véhicules.

"Pour l'instant, ils pensent que c'était l'aviation", a déclaré Bert. Mais il ne leur faudra pas longtemps pour découvrir la vérité. Quand c'est le cas, nous ferions mieux d'être loin d'ici.

Ils traversèrent le pays sans s'arrêter un instant, possédés par le désir de mettre le plus d'espace possible entre eux et la catastrophe.

Soudain, le lieutenant Wahrenfels, qui était en tête, cessa de faire des gestes frénétiques. Tout le monde a ralenti. Devant eux, assez loin, des patrouilles approchaient à vive allure. Les grenadiers étaient groupés dans un petit creux, tandis que les Russes passaient de part et d'autre en poussant des dénonciations. Lorsqu'ils atteignirent la route, ils s'enfoncèrent dans le fossé. Deux camions et quelques ambulances arrivaient.

« Dans quelques minutes, la nouvelle se sera répandue dans tout ce secteur, dit le lieutenant. L'évasion sera difficile, les garçons. Il faudra rassembler courage et sang-froid. Suivons la route, en gardant toujours nos distances avec elle.

"Le pire sera de traverser la rivière", a déclaré Rudi. Comme on ne nage pas...!

"Nous devrions prendre un bon bain", a ajouté Alf, "après ce que nous avons transpiré en courant.

A droite, les batteries russes 15,5 avaient commencé à tirer. Les éclairs se succédaient rythmiquement et le sifflement des projectiles était perçu lors de leur cheminement vers les tranchées allemandes.

« Pourquoi ne pas les faire voler aussi, mon lieutenant ? Demanda Rudi.

« Arrêtez de plaisanter et ne perdez pas de vue le terrain sur lequel vous vous trouvez ! L'un l'a réprimandé.

Ils avançaient à vive allure. Le lieutenant a pris ses marques. La rivière n'était pas loin. Il y avait une certaine fraîcheur dans l'air.

"Ne pensez même pas à traverser le pont", a déclaré le chef de la patrouille. Ils auront redoublé de vigilance.

« Que de plaisir nous avons eu en sortant ! s'exclama Alf.

« Comme mes pieds seraient reconnaissants de trouver un bon camion ! murmura un grenadier.

« Nous nous reposerons de l'autre côté.

La pente commençait. Peu de temps après, ils aperçurent le brillant de l'eau. La majeure partie du pont s'élevait à une courte distance. Un groupe de soldats gardait l'entrée. La possibilité de les éliminer au moyen d'une bonne rafale de mitraillette et de tout passer par-dessus fut discutée, mais le lieutenant était d'avis de continuer à rester prudent. La meilleure chose était d'explorer les rives. Peut-être y avait-il un moyen de traverser la rivière sans que les Russes s'en aperçoivent. Dans ce cas, ils garderaient une veille active, les croyant de l'autre côté et leur retrait serait plus facile.

Ils se sont cachés parmi les herbes. Le « feldwebel » dépêcha trois grenadiers pour surveiller les environs. Les garçons s'éloignèrent en silence. Peu de temps après, ils étaient de retour à plein régime.

« Il y a un bateau à une très courte distance d'ici », rapportèrent-ils.

« Pouvons-nous tous nous adapter ? Demanda le lieutenant.

« J'en doute. Et encore plus en portant les armes et les deux caisses de munitions » fut la réponse du grenadier.

« Dans ce cas, nous passerons par deux étapes.

Le lieutenant, le caporal et cinq soldats sont montés dans le faible bateau, qui a basculé dangereusement et a failli chavirer. Alf, Bert, Rudi, deux autres grenadiers et le "feldwebel" attendaient leur tour sur le rivage. Les minutes passaient lentement, tandis que le bateau s'éloignait, propulsé par les rames. Il lui a fallu plus d'une demi-heure pour revenir. Les six grenadiers montent avec beaucoup de prudence jusqu'à la chaloupe légère, surchargée. Ils avaient à peine commencé à ramer que des cris retentirent depuis le rivage.

« Il faut se dépêcher ! "Dit Rudi." Il me semble que nous avons été découverts.

Les rames s'enfonçaient dans l'eau à la hâte et le bateau avançait plus vite.

"Nous ferions mieux de suivre le courant un peu pour les déstabiliser", a conseillé Alf.

Le bateau avançait sur une diagonale raide. Des fusées éclairantes ont éclaté sur le rivage et les balles ont commencé à siffler.

"Si nous parvenons à rester dans la même direction, nous serions déjà liquidés", a déclaré un grenadier, observant les petits jets qui soulevaient les projectiles.

Ils ramaient avec une vigueur renouvelée. Le rivage était déjà proche. Ils ont accosté en aval de l'endroit où la première moitié de la patrouille a fait. Le lieutenant était franchement inquiet. Enfin, l'un des garçons a annoncé :

"Les voilà !

Les deux groupes se sont rencontrés.

— Les choses se gâtent, mon lieutenant, dit Rudi en s'essuyant le front avec son mouchoir. Ces balles ne sont pas de bon augure.

« Les perspectives se sont dégradées, c'est vrai, approuva le lieutenant, mais ce n'est pas désespéré. Le pire, c'est que le jour approche. Il va falloir avancer à travers le pays sans se soucier de la clarté. casque et le porter suspendu à notre ceinture.

Ils ont continué à marcher, en groupe serré. La clarté grandissait à chaque instant. Le lieutenant ne voulait pas s'arrêter pour se reposer jusqu'à ce que la distance entre eux et la rivière augmente autant que possible. Enfin, à midi, il donna le stop. A peu de distance, quelques "isbas" ont été observées. Le lieutenant les observa avec ses boutons de manchette de campagne :

"Ils sont occupés par des soldats", a-t-il déclaré. Nous devrons faire un détour.

« Plus de détours ? Rudi s'est plaint.

« Attention ! Corps à terre ! » Commandé le « feldwebel. »

Une escouade de cavaliers galopait à travers la plaine. On pouvait voir leurs casquettes de cuir et les fusils qu'ils portaient sur leurs épaules.

"S'ils ont lancé des patrouilles dans tout le comté, je vois quelque chose de difficile à sortir de ce piège", a déclaré Bert.

"Il n'y a rien de difficile pour la patrouille de Wahrenfels", a déclaré Rudi. Gravez ceci dans votre mémoire : Nous devons revenir en arrière, entendez-vous... ? Et nous reviendrons.

CHAPITRE XVI

Ils ont fait un long détour pour éviter les "isbas" et ils ont été laissés pour compte après une longue marche. Ils se dirigeaient vers un terrain marécageux. De hautes herbes poussaient partout et l'air était infect.

"Bon endroit pour une embuscade" dit un grenadier.

« D'eux à nous... ou l'inverse ? demanda Rudi.

"Je ne pense pas que nous ayons le temps de le préparer" intervint le lieutenant. Ouvrez grand les yeux et pas de distractions. Je n'aime pas du tout ce terrain.

Ils suivaient un chemin à peine perceptible. A droite et à gauche, la terre molle s'enfonçait sous ses pieds. Tout à coup, le lieutenant, qui marchait en tête, s'arrêta en agitant la main. Le feldwebel s'approcha. Devant eux, une patrouille était campée, au repos. Il y aurait une vingtaine d'hommes, à l'air farouche et farouche, la tête couverte d'un haut bonnet de fourrure.

« Cosaques » dit le « feldwebel » à voix basse.

« Nous ne pouvons ni changer de route ni faire un détour » déclara le lieutenant, après quelques instants de réflexion. En revanche, le retour en arrière est impossible. Êtes-vous déterminé ?

Les grenadiers hochèrent la tête. Rudi a caressé sa machette. Alf et Bert maniaient deux pompes à main. Les autres ont aligné le groupe avec leurs « mitraillettes ».

« Bruit ou pas de bruit ? demanda Rudi.

Le "feldwebel" pointait maintenant vers l'avant. Sur la route voisine, un camion à l'arrêt pouvait être vu.

« Allez-y pour eux et pour le camion ! « C'était l'ordre concis du lieutenant Wahrenfels. Tout dépend de tomber sur le groupe par surprise.

Au signal de leur commandant, les grenadiers attaquent comme un seul homme, tirant avec leurs « mitraillettes ». Deux Russes sont tombés. Les autres ont réussi à se rallier et, formant un noyau serré, se sont lancés dans une défense désespérée. Les grenadiers prirent leurs machettes. Il n'y avait pas d'autre choix que de gagner ou de mourir. La lutte s'engagea férocement de part et d'autre, entre dénonciations et exclamations de fureur. Rudi rugit, serrant le cou de son adversaire jusqu'à ce que ses jointures lui fassent mal. Le Russe tenta de le faire trébucher, mais il l'évita prestement et, tendant les puissants muscles de ses bras, le jeta au sol. Sa machette s'éleva deux fois en l'air, tachée de sang. Les autres grenadiers se battaient comme des lions.

« Ne laissez aucun d'entre eux s'échapper ! Le lieutenant a crié, au milieu du chaos régnant. Coups et machettes retentissaient d'un murmure tragique. L'un des Russes avait pris son fusil. Bert se précipita sur lui et, l'arrachant, lui porta un énorme coup à la tête. Le Cosaque poussa un faible gémissement en s'effondrant. Il a cliqué sur une courte rafale. Alf venait d'éliminer trois adversaires qui s'étaient approchés. Le feldwebel tirait méthodiquement son pistolet, sans manquer un seul projectile, comme s'il était dans un concours.

Seuls quatre Russes opposent une résistance, mais celle-ci est de courte durée. Vingt cadavres jonchaient le sol. Certains des grenadiers ont été blessés, heureusement seulement légèrement. Il n'y avait pas une minute à perdre.

« Au camion ! ordonna le lieutenant.

Bert s'est jeté derrière le volant, Rudi a sauté à côté de lui, pointant sa "mitraillette" par la fenêtre. Le lieutenant fit de même, le pistolet armé. Les grenadiers s'étaient précipités en arrière. Le caporal Schäfer a placé sa mitraillette sur le cockpit et a attaché un ruban adhésif.

Le camion a démarré et en quelques secondes, il était à une vitesse vertigineuse. Ils passèrent devant un groupe de maisons. En jetant un coup d'œil en arrière, Alf pouvait voir des gens sortir des portes, regardant le véhicule rampant avec étonnement. Le salut de la patrouille dépendait du fait que le moteur ne tombait pas en panne ou ne tombait pas en panne de carburant.

Après une bousculade sur la route, que Bert a prise imprudemment, soulevant un nuage de poussière et faisant grincer les roues, un grand groupe de soldats est soudainement apparu, peut-être une entreprise, le bloquant complètement, Bert a appuyé sur l'accélérateur. Un officier donne quelques ordres hâtifs. Le caporal a appuyé sur la détente. L'engin a claqué de son emplacement précaire et une gerbe de balles a semé la mort et la panique dans les rangs des Russes, ouvrant une brèche à travers laquelle le véhicule a traversé. Deux mitrailleuses ont répondu, mais les balles n'ont causé aucun dommage.

« Cela fonctionne d'abord ! Rudi a crié avec enthousiasme.

Le lieutenant regardait droit devant lui, renfrogné. Il ne lui était pas caché que les dangers devenaient presque insurmontables. La nouvelle qu'une patrouille d'exploration allemande venait de faire sauter le pont et la voie ferrée aurait déjà circulé comme une traînée de poudre. Tous les postes seraient prévenus et le franchissement des lignes russes finirait par devenir une compagnie de titans.

Les premières maisons d'une ville apparurent soudain. Le lieutenant étudia la carte.

"Loditzi" dit-il. Vous ne vous en souvenez pas ?

"Je pense que oui !" s'exclama Bert. " On s'arrête pour boire un verre ?

« Il faudra abandonner ce camion dès que nous serons à cinq ou six kilomètres de la ville », annonça le lieutenant.

« Une honte ! » s'est lamenté Rudi. « Avec quoi j'ai aimé cette course !

Après les dernières maisons, Bert ralentit lentement. Le réservoir d'essence était presque vide maintenant. Un nuage de fumée s'échappait du radiateur. Il a poussé le camion dans des buissons et les grenadiers ont sauté à terre.

"Ouf !" Alf haleta. "Je préfère traiter avec les Russes qu'avec ce Bert diabolique.

Chacun a profité du bref répit pour prendre un verre à la cantine. La soif leur brûlait la gorge à cause de la poussière avalée pendant la frénésie de la fuite.

« Désormais, nous continuerons avec les plus grandes précautions », dit le lieutenant. Les lignes sont proches, et en elles l'ennemi aura établi la vigilance maximale. Nous nous cacherons jusqu'à la tombée de la nuit, et nous entreprendrons la dernière étape de notre mission.

Ils se cachaient entre des fissures dans le sol et pendant que deux grenadiers regardaient, les autres essayaient de parer à un bref sommeil. En fin d'après-midi, le lieutenant a procédé à une inspection des armes et des fournitures. Il leur restait encore assez de munitions, les roquettes étaient intactes et ils transportaient toujours leur ravitaillement en bombes. Les grenadiers blessés avaient été bandés avec leurs pansements de campagne et pouvaient tenir jusqu'au bout. Le lieutenant recommandait de rassembler ses forces pour l'effort décisif, de ne pas se laisser emporter par les nerfs et de conserver un maximum de sérénité et de prudence à tout moment.

Ils mangeaient les restes de leurs provisions et versaient les restes de « vodka » dans leurs cantines pour se débarrasser des bouteilles.

A huit heures, le lieutenant Wahrenfels donne l'ordre de marcher. Les grenadiers fatigués essayèrent de ne pas lâcher leurs forces. Le succès ultime de sa mission en dépendait. Il fallait maintenir les énergies jusqu'au moment où elles croisaient à nouveau leurs propres lignes. L'avance a commencé sans précipitation. Au loin, on apercevait la lueur des roquettes et le bruit sourd des tirs parvenait à ses oreilles. Le lieutenant marchait en avant, sa boussole à la main, serein et impassible.

Ils étaient dans le secteur très dangereux de l'arrière-garde, près des lignes de front, là où les services sont établis et où à chaque instant on peut croiser des sentinelles ou des patrouilles.

Le lieutenant s'arrêta. Les autres le rejoignirent. Il fit un signe de la main vers l'avant. — C'est l'adresse, murmura-t-il. La vue vers l'avant... et quoi qu'il en coûte, il faut passer par là.

CHAPITRE XVII

Rudi s'approcha du lieutenant un paquet à la main. C'était un manteau russe qu'il avait trouvé abandonné à côté d'une caserne.

"Peut-être que ça peut nous aider" murmura-t-il.

Les sentinelles étaient de plus en plus nombreuses. Leurs silhouettes étaient perçues à certains endroits et des voix réclamaient partout le mot de passe.

La patrouille s'arrêta à l'abri de quelques maisons, et Rudi dressa l'oreille, essayant de distinguer le mot précieux qui à un moment donné pouvait signifier la porte de leur liberté désirée s'ouvrant devant eux. Deux soldats passèrent à très courte distance. L'un d'eux parlait. Rudi a fait attention.

"Comment c'est "...? Oh oui! Bostok Zapade. J'avais oublié.

"Bien. Je l'ai déjà attrapé" marmonna Rudi, une fois qu'ils furent passés.

Les tranchées étaient déjà proches. La fusillade a sonné proche et les roquettes ont été perçues en train de monter de l'autre côté.

Ils ont suivi un fossé d'évacuation, avec les « mitraillettes » prêtes. Ils sont allés en file indienne, quelque peu espacés. Le fossé était très peu profond et à un moment donné, ils pouvaient sauter pour se mettre en sécurité. Deux sentinelles dessinaient sa silhouette à bout portant. Juste au-delà se trouvait la tranchée principale et derrière elle, le no man's land.

« Si nous en finissons avec ceux-là, nous pourrons considérer la partie gagnée » murmura le lieutenant.

Rudi a mis sa cape. Il s'avança en direction de l'un d'eux.

"Tall! Qui va Le mot de passe!

« Bostok Zapade » répondit Rudi en s'approchant. Une fois devant la sentinelle, il a pointé son arme sur son ventre en ajoutant ". Dites à l'autre de s'approcher.

Le Russe terrifié obéit. Son compagnon s'avança vers eux. Rudi a sauté en arrière et les couvrant tous les deux avec sa "mitraillette", il a fait signe à ses compagnons. Bert et Alf sont venus rapidement. Il y eut deux bruits sourds. Les autres grenadiers avaient commencé à travailler sur la clôture, dégageant un chemin. Une fois praticable, tout le groupe a glissé de l'autre côté. Le lieutenant prit une profonde inspiration. Cependant, il n'était pas sage d'être trop confiant. Vous pourriez même rencontrer une patrouille de reconnaissance ennemie ou vous exposer aux balles de vos propres mitrailleuses. Ils s'accroupirent. Le lieutenant reprit ses repères. La position d'où ils étaient partis était un peu à droite. Il valait mieux ne pas rester plus longtemps sur ce terrain dangereux.

« Qu'on aille de l'avant » indiqua-t-il au « feldwebel ». Il appela le grenadier le plus proche, qui s'avança avec une grande prudence. On entendit une voix un peu lointaine crier :

« Tall ! Le mot de passe !

Le grenadier revint. La patrouille s'est mise en mouvement. Il n'y avait pas de marche sur la clôture et ils devaient glisser jusqu'à la plus proche. Au moment de sauter dans la tranchée, Rudi s'écria :

« Cette fois, je pensais vraiment qu'on ne comptait pas !

« Quel pessimiste ! "Répondit Bert." Eh bien, j'étais sûr de revenir. Avons-nous déjà échoué ?

" Silence ! " ordonna le lieutenant. " Que nous ne sommes pas encore rentrés.

Il contemplait son groupe avec fierté, une mission de plus était accomplie. Et cette fois, la tâche avait été digne d'eux. Ses collègues de tout le secteur et le Haut Commandement pouvaient attendre sereinement le moment capital où débuterait l'offensive qui détruirait les dernières défenses de la ville assiégée. Le ferrocarril qui fournissait munitions et fournitures à celui-là ne reviendrait pas à circuler. La seule branche qui reliait la ville peuplée au monde extérieur avait cessé d'exister.

« Allez-y, les gars. Et cette fois, nous méritons un bon repos.

« S'ils nous laissent en profiter... » commenta Rudi sarcastiquement.

Le lieutenant Wahrenfels a brièvement interviewé le capitaine de la compagnie qui couvrait ce secteur depuis le front, lui donnant la nouvelle de son retour. Peu de temps après, et dans un camion qui déchargeait des fournitures, ils sont partis pour le poste de commandement du bataillon. Le major Braun les reçut avec la plus grande cordialité. Une fois que le lieutenant l'eut informé des résultats, il se leva en lui serrant chaleureusement la main.

« J'espère », a-t-il dit, que le haut commandement divisionnaire reconnaît le mérite de sa tâche. Quant à moi, je vous félicite de tout mon cœur.

Il fait servir le café aux grenadiers et met à leur disposition un véhicule dans lequel ils se rendent au poste de commandement du bataillon, où le lieutenant doit informer son colonel des résultats satisfaisants obtenus dans la compagnie.

Ils sont partis immédiatement. Le petit village apparaît bientôt et tandis que les grenadiers logent dans une maison voisine, le lieutenant se dirige vers l'isba où habite le colonel Weiss. Lorsqu'il se trouva devant son supérieur, il se raidit, annonçant d'une voix calme :

« L'objectif est atteint. La voie ferrée a été complètement détruite.

Le colonel Weiss le fit asseoir, ordonna à son assistant d'apporter du café et supplia le lieutenant :

«Parlez-moi de l'opération dans toutes sortes de détails. A vrai dire, je ne t'attendais pas si tôt. Je ne dois pas vous cacher maintenant que nous craignons pour votre sécurité.

Le lieutenant Wahrenfels a mis du temps à terminer son récit. Aucun détail n'a été laissé. Le colonel hocha la tête.

"Mes plus chaleureuses félicitations" dit-il à la fin ", que j'adresse aux garçons qui composent son groupe. Cette fois, j'espère que vos mérites seront récompensés d'une manière digne de vous : vous partirez immédiatement pour Krasnovardeisk. La ville de Novo-Litka a été évacuée. Ils resteront dans la ville aussi longtemps que le commandement le jugera opportun et que ce temps pourra être long. Il n'est pas facile pour l'ennemi de nous harceler à nouveau. Notre aviation et notre artillerie vont rendre bien compte de ces pièces de gros calibre. En revanche, faute de munitions, leur existence sera précaire. Maintenant, reposez-vous un peu jusqu'au jour.

Le lieutenant Wahrenfels rejoint ses grenadiers. La joie la plus franche régnait dans la maison, qui s'accrut encore lorsqu'on apprit qu'ils allaient à la ville. Peu d'entre eux dormaient pendant les quelques heures jusqu'à l'aube, Rudi pensait à Katia. La retrouverait-il saine et sauve ? Avait-il quitté la ville ? Il était prêt à la chercher partout. Son amour pour la jeune femme avait grandi au cours de cette brève, mais extrêmement dangereuse, séparation.

Ils quittèrent la ville après avoir pris leur petit déjeuner. Les champs glissaient de chaque côté du véhicule, dorés sous le soleil du matin. Les grenadiers chantaient avec joie. Ils traversèrent plusieurs villes et villages dont les habitants vaquaient à leurs tâches habituelles. L'un des villages portait les traces d'une récente attaque de l'aviation russe. Plusieurs « isbas » brûlaient.

"Apparemment, ils se réjouissent", a déclaré quelqu'un.

"Ce ne sera pas pour longtemps," répondit Alf. Le coup d'État a mis fin à ses dernières chances de résistance. Je parie ce que vous voudrez qu'avant l'hiver, Léningrad soit prise.

« Et vers quel front vont-ils nous emmener ensuite ? demanda Bert.

" Tout le monde sait ! " s'exclama le caporal. " Peut-être que nous retournerons dans le Sud.

"Pour ma part, je préfère rester ici" marmonna Rudi.

"Bien sûr ! A côté de ta blonde, n'est-ce pas ? Demanda Bert avec dédain.

"C'est juste que tout ça me plaît" expliqua Rudi en souriant.

« Courageux imbécile ! s'exclama Alf. Prenez goût à ça ! Avez-vous déjà entendu de telles absurdités?

Ils sont entrés dans la périphérie de Krasnovardeisk. Une sentinelle a arrêté le camion.

"C'est la patrouille de Wahrenfels qui revient d'une opération", lui dit le "feldwebel".

La sentinelle a appelé un autre soldat.

« J'ai l'ordre de vous conduire à votre logement », dit ce dernier, et monter dans le camion indiquait au chauffeur la direction à prendre. Enfin, ils s'arrêtèrent devant une belle maison.

" Bien ! " s'exclama le lieutenant. " Nous sommes enfin arrivés. A bas tout le monde... ! Et essayez de vous reposer avant de commencer vos incursions dans la ville.

CHAPITRE XVIII

Le même après-midi, Rudi partit à la recherche de Katia. Les pancartes que la jeune femme avait écrites sur un morceau de papier, peu avant de se séparer à Novo-Litka, indiquaient une rue située vers l'un des quartiers extrêmes. Malgré sa fatigue, Rudi se met en route.

Il traversa des rues et des rues où rôdait une foule mal vêtue et se mêlait à des soldats de toutes armes. Les restaurants et tavernes étaient pleins. L'animation était constante. Il a demandé à plusieurs reprises aux passants son chemin. Il passa devant d'immenses bâtiments et traversa un ravin couvert d'arbres, qui devait autrefois être un parc.

Il était dans le quartier en face de celui d'où il venait. Il a vu un énorme entrepôt de matériel de guerre. Les chars et les canons étaient enveloppés de bâches en toile, durcies par le froid de la nuit. Il s'arrêta dans un coin. La rue Katia était très proche. Continué à marcher. En quelques minutes, il était à une intersection animée. Deux cafés occupaient les coins. Rudi pensa qu'il vaudrait peut-être mieux prendre un verre et attendre devant la maison. Si Katia ne sortait pas, elle continuerait à poser des questions sur elle directement.

Il s'assit à l'une des tables sur le trottoir. Il regarda à l'intérieur. Les patrons, pour la plupart des militaires, remplissaient les lieux. Plusieurs serveuses allaient et venaient constamment. Soudain, son cœur manqua un battement.

« Katia ! », crie.

La jeune femme était sur le point de laisser tomber le plateau qu'elle portait. Elle accourut vers lui. Rudi la prit par les bras. Certains soldats ont commencé à murmurer et à sourire.

"Que faites-vous ici ?

« Je devais accepter ce travail. La vie en ville est très difficile", a-t-elle répondu à bout de souffle en le regardant dans les yeux.

« Allons-y tout de suite ! Nous devons parler de beaucoup de choses !

« Je vais essayer d'obtenir la permission du propriétaire pour partir. Attends-moi un peu.

Il a mis du temps à sortir. L'impatience dévora Rudi, qui plusieurs fois fut sur le point d'entrer et de se ruer sur l'imbécile qui tenait ainsi la jeune fille. Enfin, Katia apparut, dépouillée de son tablier. Elle portait une robe simple mais de bon goût qui rehaussait ses charmes. Il y avait des traces de fatigue sur son visage.

« Il fallait que je me mette au travail », expliqua-t-il dès qu'ils s'étaient un peu éloignés. Mes proches sont pauvres et ils ne peuvent pas subvenir à mes besoins, mon père et moi. Si seulement tu savais comment je me souviens de toi ces jours-ci ! Tu ne repars plus, n'est-ce pas, Rudi ?

« J'espère que cette fois ils nous laisseront nous reposer pour une bonne saison. Bien que nous l'ayons aussi pensé la dernière fois ... et vous voyez les choses qui se sont passées.

Ils allèrent au parc qu'ils avaient traversé ce jour-là, déjà si loin. Katia serrait fortement son bras. Les gens les regardaient, curieux. Le grand grenadier, dans son uniforme cabossé et la belle jeune femme russe, formaient un couple extrêmement séduisant.

Ils prirent place dans un café près de l'étang. Elle le prit par la main, le dévisagea.

« Si tu t'en vas encore, dit-il, je pense que je mourrai.

Rudi était pensif.

« Je ferai de mon mieux pour rester à vos côtés, Katia. Je comprends qu'une transformation s'opère en moi. Je ne suis plus le même qu'avant. Pendant le combat j'ai votre image présente dans mon cerveau et je souhaite ardemment revenir sain et sauf.

Ils se levèrent et continuèrent à marcher lentement. Lorsqu'ils atteignirent le bord de l'eau, elle se pencha pour se regarder.

"Tu te souviens?

Rudy hocha la tête. Ils s'embrassèrent passionnément, se serrant l'un contre l'autre.

"N'y va pas," répéta Katia en sanglotant. Ne pouvais-tu pas trouver une destination qui t'obligerait à rester ici ? Toujours d'un endroit à l'autre, exposé à toutes sortes de dangers ! Il est temps que tu te reposes un peu... Ne sors plus, je t'en prie.

Les sanglots secouaient son corps. Rudi l'attira contre lui, et tous deux restèrent longtemps dans cette attitude, indifférents au passage du temps.

"Il est temps de rentrer", dit Katia, au bout d'un moment ". J'avais oublié que j'ai un travail. Et que la nuit, ça empire. Le patron du café m'a laissé partir à condition que je revienne comme Je lui ai dit que c'était quelque chose de la plus haute importance, et il a accepté à contrecœur. Mais je ne peux pas perdre ce travail.

Rudi serra les mâchoires. Il imaginait Katia travaillant dans le café pendant des heures, écoutant les plaisanteries des soldats et endurant la mauvaise humeur du propriétaire. Il fallait mettre un terme à cette situation.

Ils s'embrassèrent longuement et commencèrent à marcher. Ils se sont dit au revoir dans un coin près du café. Rudi se dirigea vers son logement. Soudain, il entendit un appel. Deux grenadiers de son groupe étaient assis à une table de restaurant.

« Hé, Rudi ! Yen pour boire un verre. On t'invite... Et regarde qui est là-dedans.

Rudi s'est approché. Alf et Bert occupaient une autre table à l'intérieur.

« Quelle mauvaise figure vous avez ! » s'exclama Bert. » La bière vous a-t-elle fait vous sentir mal ?

"Bien sûr ! " ajouta Alf. " Il n'en avait pas bu depuis si longtemps qu'il en a abusé et les pauvres...

"Tais-toi, bordel ! grommela Rudi en s'asseyant.

Les deux autres grenadiers s'approchèrent.

« Nous pouvons être ensemble, n'est-ce pas ? Il fait froid dehors.

La conversation devint générale. L'un des grenadiers a commencé à expliquer son entretien avec une fille des services auxiliaires, qui se trouvait dans un bureau de l'état-major et qu'il connaissait depuis longtemps.

"C'est une belle fille", a-t-il détaillé. Avec des cheveux blonds ondulés et... « Il a fait un geste expressif des deux mains. Ils vivent très bien ici. Ils bénéficient de nombreux avantages et, au moins, ils se permettent le luxe d'être propres... Même si pour cela cela ne vaut pas la peine d'être à la guerre, n'est-ce pas ? Le nôtre est beaucoup plus amusant.

« Et que fait cette jeune femme ? Bert voulait savoir.

« Elle est en charge de l'approvisionnement des cantines réparties dans toute la ville et de la direction de leur personnel. D'ailleurs, il m'a expliqué qu'à l'état-major ils souffrent d'un certain manque d'éléments spécialisés. La façade absorbe chaque jour plus de monde et les bureaux manquent de certains éléments essentiels. L'interprète russe a été muté à un autre endroit, et le général cherche un pour le remplacer, sans pouvoir le retrouver. Il y en a beaucoup qui se présentent, mais aucun ne parle la langue du pays avec la perfection requise pour le poste.

Rudi avait dressé les oreilles.

« Ici, nous avons notre ami Rudi, dit Bert, qui le domine à merveille et, au lieu de cela, passe sa vie à frapper des coups sur le sol ennemi. Quels contrastes a la vie !

« Qu'est-ce qu'ils donneraient pour mettre la main dessus ! "Alf ajouté." Mais que serait la patrouille sans son aide ?

Rudi était absorbé par son verre.

« Hé, Rudi ! Tu as dormi ? dit Bert en le poussant par le bras. Comment va ton blond... ? Parce que je suppose que tu l'as déjà vu.

— Très bien, répondit brièvement le grenadier en se levant et se préparant à partir. Est-ce que quelqu'un vient avec moi ?

Alf et Bert se sont levés.

"Allez" dit le premier en bâillant. J'ai un rêve énorme. je vais bien dormir !

Les trois d'entre eux marchaient dans la rue devant, leurs bottes chaussées claquant au sol. Rudi, pouvait à peine dormir cette nuit-là, mille idées différentes étaient entremêlées dans son cerveau. Il entendit clairement les propos du grenadier : « L'interprète russe a été muté ailleurs et le général cherche quelqu'un pour le remplacer... ». Que penseraient de lui ses compagnons s'ils savaient qu'il envisageait de les abandonner ? Le prendraient-ils pour un lâche... ? Non, ce n'était pas possible. Mais l'image de Katia est alors apparue, souriante, avec ses cheveux blonds et ses yeux bleus. "Il y en a beaucoup qui se présentent, mais...".

Il s'endormit vers l'aube. Il avait pris sa décision.

CHAPITRE XIX

Le lendemain matin, Rudi est parti sans rien dire à personne. Un tourbillon d'idées entremêlées troublait son cerveau. Il dirigea ses pas vers les bureaux de l'état-major. Il y avait en eux une agitation incessante. Il entra dans la salle. Sur un tableau d'affichage, il a pu lire une copie d'une feuille distribuée aux commandants de bataillon ordonnant que des enquêtes soient menées auprès des compagnies pour découvrir la présence de soldats qui parlaient parfaitement russe. Lesdits soldats devraient se présenter à ce quartier général pour examen. Rudi en avait assez. Il retourna à la caserne. Les garçons s'étaient dispersés dans la ville, et seul le responsable de la garde restait.

« Avez-vous vu le lieutenant ? demanda-t-il.

« Il était encore là il y a quelques instants, mais il vient de partir.

Rudi errait dans les rues animées, embourbé dans mille soucis. Dans son cœur, faire cela avec ses compagnons d'armes lui paraissait une canaille. Comment la patrouille allait-elle se débrouiller sans son aide désormais ? Que dirait le lieutenant lorsqu'il communiquerait son souhait de passer l'examen pour rester à Krasnovardeisk en tant qu'employé ordinaire ? Lui qui avait toujours tant méprisé cette faune ! Il était dans le parc et passa tout près du restaurant de Katia, sans toutefois aller lui rendre visite. Pourquoi, s'ils ne pouvaient pas non plus sortir se promener ensemble ? Il n'y avait pas d'autre choix que d'attendre la nuit.

A midi, il est retourné au logement. Les grenadiers ne venaient pas manger. Ils étaient restés dans des restaurants prêts à savourer des mets dont ils avaient été privés pendant longtemps. Le lieutenant n'était pas là non plus, Rudi maudissait intérieurement sa malchance. Ses nerfs étaient sur le point d'exploser. Conservé autour. Vers cinq heures de l'après-midi, il a soudainement vu le lieutenant Wahrenfels traverser une rue. Il a commencé après lui, jusqu'à ce qu'il le rattrape.

« Mon lieutenant ! » j'appelle.

L'officier s'arrêta. Rudi s'avança vers lui et le salua respectueusement.

« Quoi, là, mon garçon ? demanda Wahrenfels en lui tapotant le bras. Comment es-tu seul ? Et tes deux amis ? Tu n'es plus les « trois inséparables » ?

« Mon lieutenant » commença Rudi « aimerait vous parler.

« Wow, mec ! À quoi vient ce visage sérieux ? Est-ce que quelque chose ne va pas chez toi ? Allons nous asseoir dans ce café.

Ils prirent place à une table, et le lieutenant commanda deux bières.

"Bien. Expliquez-moi. Vous semblez quelque peu inquiet.

« Je suis... La vérité est que je ne sais pas par où commencer... Depuis un moment, je ressens quelque chose de différent. C'est peut-être la fatigue. Bon. En résumé : j'ai vu une annonce dans les bureaux de l'état-major demandant des interprètes russes et j'ai pensé que peut-être je...

Le lieutenant le regarda avec perplexité. Je ne me serais jamais attendu à une telle sortie.

"Eh bien, Rudi" répondit-il en sirotant lentement sa bière. Vous avez la chance de maîtriser parfaitement la langue du pays, et vous avez parfaitement le droit d'essayer d'offrir vos services à un corps supérieur où ils peuvent être plus utiles que dans notre modeste patrouille. Pour ma part je ne pense pas y mettre de désagrément. C'est quelque chose de très personnel. Cependant, vous pouvez être sûr que vous nous manquerez beaucoup.

L'officier se leva. J'ai été sincèrement choqué.

"Mon lieutenant. Je ne veux pas que vous pensiez...

"Rien, Rudi. Je te souhaite bonne chance. Tu m'informeras du déroulement de l'examen, et au cas où ta décision serait irrévocable, je devrai te trouver un remplaçant... Bon, au revoir.

Rudy salua. Un fort sentiment de honte l'envahit. Il se mit à marcher, et ses pas le conduisirent inconsciemment vers le café de Katia. Il était déjà bien tard et la jeune femme allait partir. A l'intérieur des locaux, les soldats se déchaînaient et riaient. Rudi attendait dans le coin. La jeune femme lui fit signe à travers les vitres. Dix minutes plus tard, elle était dans la rue. Ils tenaient les armes. Rudi était silencieux.

« Qu'y a-t-il, Rudi ? Les choses ne vont pas bien ?

« Katia » répondit-il. Toi et moi ne pouvons pas vivre séparés. Si je devais repartir, je suis sûr que j'échouerais dans ma tâche. Hier, un grenadier de mon groupe m'a expliqué avec désinvolture qu'ils avaient besoin d'un bon interprète dans les bureaux de l'état-major. Je suis "il a souri avec force." Je vais me présenter. Pouvez-vous imaginer s'ils m'admettent? Je resterais en ville, peut-être jusqu'à la fin de la guerre. Nous ne nous séparerions plus. Que diriez-vous? N'es-tu pas content?

Katia le regardait très sérieusement. Ils marchèrent longtemps en silence.

"Non, Rudi" dit-elle finalement. Ce serait merveilleux, mais vous ne pouvez pas le faire. Que diront vos camarades de classe ?

"De quoi me soucier...?

"Non" répéta Katia. À la longue, vous auriez honte de les avoir abandonnés. Vous regretteriez votre décision et votre colère se retournerait contre moi. Vous êtes né pour combattre et vous vous battrez jusqu'au bout. Je t'attendrai, tu m'entends ? Je t'attendrai car je suis sûr que tu devras revenir. Ne faites pas cela.

"Je ne peux pas vivre sans toi, Katia", répondit-il. Je suis sûr qu'à long terme, il faiblirait, et c'est encore pire. Demain, je passerai cet examen. Si j'ai de la chance et qu'ils passent, je resterai en ville, je pourrai toujours m'habiller proprement et j'arrêterai d'entendre le sifflement des balles et le rugissement des explosions. J'ai hâte de me reposer un peu. Ne penses-tu pas que je le mérite ?

« Oui, tu le mérites mais pas comme ça.

« J'y ai très bien pensé. Tu sais que je suis un peu têtu. Ma décision est irrévocable. Maintenant... si tu ne m'aimes pas...

" Oh Rudi ! " s'exclama-t-elle en se serrant contre son bras. " Ne dis même pas ça...

Leur marche dura jusqu'à très tard. À leur retour, les deux marchaient lentement en extase. Katia s'était laissé convaincre, mais au fond elle anticipait un avenir plein de menaces. Cependant, tout était éclipsé par la perspective de pouvoir voir Rudi tous les jours. Son image a forgé de belles images pour les jours à venir où tous deux pourraient marcher sans le risque constant d'une séparation.

De retour à sa caserne, Rudi s'arrêta à la porte, osant à peine entrer. Comment communiqueriez-vous la nouvelle à vos deux camarades ? Prendraient-ils ses sarcasmes ou prendraient-ils en charge sa situation ?

Alf et Bert s'apprêtaient à se coucher. Rudi hésita longtemps. Enfin il dit :

« Je dois vous parler les gars.

« Est-ce quelque chose de grave ? demanda Bert. Votre visage ne présage rien de bon.

"Oui. C'est quelque chose de grave. J'ai décidé de rester ici.

Ils le regardèrent tous les deux perplexes.

"Il me semblait" commenta Alf "que l'affaire de la blonde ne pouvait pas bien se terminer.

« Appelez-moi un idiot, appelez-moi un lâche ou tout ce que vous voulez, mais je ne peux pas vivre sans cette femme.

« Et où restes-tu... ? Mais je suis déjà en train de tomber ! » s'exclama Bert. « Au quartier général, ils ont besoin d'un magnifique interprète... et vous avez pensé que vos services sont essentiels dans ce lieu. Bien sûr ! Qui sait. Russe comme Rudi ?

« Je comprends que vous vous moquez de moi. Mais... ça t'arrive au parc dont tu n'as jamais été amoureux.

"Eh bien, sois très content de ta Katia" dit Bert "et amuse-toi bien en ville... Nous partons demain après-midi.

« Quoi, tu pars demain ?

« Il y a quelque temps, le lieutenant nous l'a dit. Il semble que le front se mobilise et que toutes les forces disponibles seront nécessaires. On ne sait pas s'il s'agit de l'assaut final sur la ville, mais comme vous pouvez le voir, notre fameuse pause n'a pas pu être réalisée cette fois non plus. Je veux dire... pour toi, oui.

Rudi était pensif. Il s'étendit sur sa natte et essaya de dormir, mais sans y parvenir jusqu'à une heure tardive. Bert et Alf ronflaient doucement dans un profond sommeil.

CHAPITRE XX

Le test de Rudi a été un succès complet. Un colonel spécialiste de la Section de l'Information le fit asseoir à une table couverte de papiers. Rudi a lu quelques textes, qu'il a ensuite traduits. Puis dans l'autre sens. Enfin le colonel se leva et dit d'un air satisfait :

« À ce jour, vous êtes le premier à vous présenter ici avec une connaissance exacte de la langue. Il ne vous reste plus qu'à passer le test de prononciation. Si c'est parfait, le carré est fait pour vous.

Il fit venir un employé russe dans les bureaux.

« Pouvez-vous discuter pendant un moment ? » leur dit-il.

Le Russe et Rudi se sont engagés dans une conversation courte et rapide. Le Russe hochait la tête de surprise.

« Monoga jarosi. Monoga jarosi » dit-il enfin en s'adressant au lieutenant. Et il a ajouté en allemand cassé ». Il parle parfaitement russe.

« À quelle unité appartient-il ?

"La patrouille de reconnaissance de Wahrenfels est affectée par le deuxième bataillon du troisième régiment", a répondu Rudi.

« La patrouille est maintenant au repos, n'est-ce pas ?

– Oui, mon colonel. Bien qu'il semble qu'ils partiront aujourd'hui pour un autre endroit plus proche du front.

"En effet. Des unités sont mobilisées pour une opération d'envergure... Bien. En début d'après-midi l'ordre de transfert sera émis. Cependant, si vous changez d'avis, prenez la décision que vous jugerez la plus opportune... Je vous le dis car en règle générale, les grenadiers n'aiment pas beaucoup les tâches bureaucratiques, et il se peut que vous vous soyez comporté un peu hâtivement. Si vos compagnons préfèrent les accompagner quand ils partent, faites-le. Je vous attendrai jusqu'à demain midi. Si vous ne vous présentez pas, nous continuerons les examens" et le colonel laissa échapper un soupir résigné.

"Je viendrai, mon colonel" assura Rudi. Ma décision est mûrement réfléchie.

"Bon garçon. Au revoir alors.

Rudi se redressa avec raideur et sortit dans la rue. Un mélange de joie et de tristesse emplissait son être. D'un côté, la perspective de rester aux côtés de Katia ; de l'autre, le moment terrible où il ferait ses adieux à ses amis et à l'officier, avec qui jusqu'alors il avait partagé les épreuves et les épreuves d'une rude campagne.

A l'heure du déjeuner, les grenadiers se réunissaient à la caserne. Ils devaient rester vigilants au moment où le camion chargé de les transporter arrivait. Les équipes étaient empilées en rangées comme à l'accoutumée, et le lieutenant fit un bref examen. Le « feldwebel » ordonna aux grenadiers de ne pas quitter les environs. Une liaison motorisée est arrivée vers le milieu de l'après-midi pour demander le grenadier Rudi Mayence. Il avait l'ordre de transfert du quartier général. Rudi le lut puis le serra avec son poing. Une tempête faisait rage dans son âme. Il se promenait dans la maison dans un état de tension énorme. Tout dépendait d'un seul mot. Le lieutenant et ses deux amis savaient déjà quelle était sa décision. Peut-être vaudrait-il mieux disparaître sans dire au revoir. Plus tard, il justifierait son attitude par une courte lettre. Les autres grenadiers ne savaient rien.

Il vit que tout le monde était occupé à nettoyer son arme. Il n'aurait plus à le faire. Sa "mitraillette" serait livrée à l'entrepôt. Pourquoi voulait-il une arme aussi meurtrière dans cette ville où ne circulaient que des compatriotes et des soldats en permission ? Il pensa à Katia, mais la silhouette de la jeune femme était maintenant floue dans son cerveau, comme si elle appartenait au passé.

Il imaginait sa vie au bureau, assis à une table pleine de papiers dont il aurait à déchiffrer le contenu. De temps en temps, ils pouvaient lui faire interroger des prisonniers. Son existence glisserait au milieu d'une merveilleuse placidité. La routine quotidienne finirait par atrophier ses sens et ils ne seraient prêts à vibrer qu'à la vue et au contact de sa bien-aimée Katia. Une existence de citoyen, qui n'aurait rien ou presque rien à voir avec la guerre.

Pendant ce temps, ses compagnons continueraient les dures incursions en terrain ennemi. Ils placeraient des charges explosives dans les endroits arrangés par le commandement. Ils fondaient comme des lions sur les sentinelles. Ils feraient sauter des forts et surprendre des postes de commandement. Son nez captait continuellement l'odeur de la poudre à canon. Ils s'accroupissaient devant la lueur des roquettes et écoutaient le rugissement des obus d'artillerie glisser au-dessus de leurs têtes pour exploser un peu plus loin en flammes éblouissantes.

S'il les laissait partir, il pouvait marcher tranquillement jusqu'aux bureaux du quartier général, se présenter au colonel et annoncer qu'il acceptait le poste. Le grand patron lui dirait à quelle heure le lendemain matin il commencerait son travail. Ensuite, il irait se promener, s'asseoir dans un café et commander de la bière, il attendrait calmement l'heure de rencontrer Katia. Ce soir, ils pourraient célébrer l'événement en dînant ensemble et ensuite ils pourraient même assister à une séance de cinéma au « Soldatenheim ».

Il consulta sa montre. Il était six heures et demie. Le crépuscule était déjà très proche. A cette époque, le travail dans le café de Katia a augmenté. Il l'imaginait entourée de soldats, écoutant leurs paroles d'amour, leur souriant parce qu'il le fallait, acceptant peut-être leurs gentillesses.

Avec une secousse soudaine, il sortit la commande de sa poche. Il l'a relu. Il jeta un coup d'œil vers la caserne. Des grenadiers se tenaient à la porte. Il ne pouvait pas partir sans au moins dire au revoir au lieutenant. Approché. L'officier allait et venait en donnant des ordres. Rudi se dirigea vers lui.

« Mon lieutenant », dit-il. J'ai déjà un ordre de virement en poche. Ma décision est prise. Je resterai au siège. Après tout, mes devoirs dessus peuvent être tout aussi utiles que sur la première ligne.

« Tu sais bien que non, Rudi. En première ligne tu étais indispensable. Ici, il y a plus de moyens. Tôt ou tard, le colonel trouvera un soldat qui connaît la langue du pays avec la perfection qu'il exige. Au lieu de cela, la patrouille sera privée d'un élément inestimable... et pas seulement parce qu'elle parle russe, mais pour bien d'autres raisons. Quoi qu'il en soit, je vous ai déjà dit hier que je n'avais pas l'intention d'influencer votre humeur. Cependant, je tiens à vous dire que si jamais vous le regrettez, nous serons prêts à vous accueillir comme si de rien n'était. Comme si vous reveniez de l'hôpital après avoir guéri une blessure.

« Dites au revoir à Bert et Alf. Je n'aurais pas le courage de le faire moi-même. Ils ont été pour moi les meilleurs camarades du monde... Je ne sais pas ce qu'ils vont penser, mais nous devons nous séparer.

— Je le ferai, Rudi. Et vous pouvez être sûr qu'eux et moi prenons soin de votre situation.

Le lieutenant lui tendit la main. Rudi le secoua fermement.

« Au revoir, mon lieutenant » dit-il en saluant.

" A ta place je dirais... Au revoir.

L'officier s'est retourné et est entré dans le bâtiment. Rudi a commencé sa marche vers le siège de l'état-major. Il laissait derrière lui toute une vie dont, dans d'autres conditions, il ne se serait séparé pour rien au monde.

Il marchait dans les ruelles presque dans l'obscurité. Au bout d'un moment, il déboucha sur l'une des avenues principales. A son extrémité opposée se trouvait l'immeuble dans lequel il vivrait désormais. Il descendit le trottoir avec une profonde tristesse. Soudain, il entendit le bruit d'un moteur derrière lui. Un camion militaire approchait à vitesse moyenne, esquivant les charrettes de la population indigène. À travers le pare-brise, Rudi distingua le visage familier du lieutenant Wahrenfels.

Une secousse soudaine secoua son corps, elle regarda le papier froissé dans sa main; il se raidit. Soudain, il leva un bras. Le camion a ralenti.

« Attendez-moi ! », crie.

Le lieutenant souriait. Il a freiné le véhicule. Rudi courait comme un possédé. Il sauta et monta à l'arrière.

" Où étiez-vous ? " Un grenadier lui a dit. " On vous croyait perdu.

"J'étais prêt," répondit Rudi alors que le camion redémarrait. Mais j'ai retrouvé mon chemin.

Le camion rétrécissait au loin, enveloppé d'un nuage de poussière, en route vers l'avant, danger... et gloire.

FINIR